Petra Maria Schöller

Eine starke Frau

Eine wahre Geschichte:

In dieser Geschichte geht es um das Leben einer Frau, die 1921 in Ruma zur Welt kam. Das Städtchen Ruma, etwa dreißig Kilometer südlich des heutigen Novisad gelegen, dass damals noch Neustadt hieß, gehörte zu Syrmien, einem Landstrich im Norden des späteren Jugoslawien.

In Ruma verbrachte diese Frau auch ihre Kindheit. Es war eine Zeit, die vom Drang nach großer Selbständigkeit, aber auch von ständig wachsenden Konflikten zwischen den verschiedenen Volksgruppen geprägt war. 1938 heiratete sie und bewirtschaftete hierauf gemeinsam mit ihrem Mann einen fünfundzwanzig Joch großen Bauernhof. Bald darauf brach der Krieg aus. Ihr Mann wurde zum Militär eingezogen. Trotz der vielen Schicksalsschläge, die im Gefolge dieser Einberufung und aller anderen zeitbedingten Ereignisse auf sie zukamen, ging die Arbeit auf ihrem Hof weiter.

Diese Frau zeigte eine Stärke, die niemand von ihr erwarten konnte. Aufgrund ihrer deutschen Abstammung wurde sie 1944 mitsamt ihrer Familie aus Ruma vertrieben. Es begann eine abenteuerliche Flucht, die sie mit ihren drei Kindern im offenen Viehwaggon erst Richtung Norden und dann nach Österreich führte. Trotz schwierigster Bedingungen gelang es etwas später auch ihrem Mann zu flüchten, und so trafen sie sich in Oberösterreich wieder, wo sie es trotz aller Schwierigkeiten verstanden, sich eine neue Existenz zu schaffen.

Petra Maria Schöller

Eine starke Frau

Eine wahre Geschichte

Books on Demand

Bibliographische Informationen der Nationalbibliothek:

Die deutsche Nationalbibliothek verzeichnet diese Publikation in der deutschen Nationalbibliografie; detaillierte bibliografische Daten sind im Internet

über http://dnb.dnb.de abrufbar.

© Mag. Petra Maria Schöller,
Am Braunspergergut 3, 4073 Wilhering, Austria, 2001
Neuauflage 2018
Alle Rechte liegen bei der Autorin.

Herstellung und Verlag: BoD-Books on Demand, Norderstedt

ISBN

Für meine beiden Söhne

Alexander und Andreas

Inhaltsverzeichnis

Vorwort 1
Der Anfang 3
Die Frau in Schwarz 6
Kindheit – Jugendzeit 10
Hochzeit 14
Julchens Leben als Ehefrau 21
Der erste Schicksalsschlag 23
Der zweite Schicksalsschlag 27
Der Zweite Weltkrieg bricht aus 32
Der dritte Schicksalsschlag 36
Der Krieg vor Ort 39
Die Flucht 53
Die Reise ins Ungewisse 69
Der Fluchtweg 82
Die neue Heimat 83
Die Flucht der Männer 92
Das Zusammentreffen 101
Ein guter Freund 121
Die Nabeloperation 125
Die Frage der Auswanderung 130
Arbeit 133
Ein kleines Fest zwischendurch 136
Verlust der Arbeit 137
Zusätzlicher Luxus: Ein Haus aus Ziegeln ... 144
Glück im Unglück 154
Nachwort: 158

Danksagungen

Ich danke meiner Oma für die vielen schönen Stunden, die wir bei den Gesprächen über die Inhalte dieses Buches zusammen verbrachten.

Meinem „Lektor" Dir. Mag. Heisler Hermann, der mir bei der Verlagssuche behilflich war und mein Manuskript überarbeitete.

Meiner Freundin Christa Führer, die mich motiviert hat, meine Aufzeichnungen zu veröffentlichen.

Meinen Eltern, Josef und Maria Stadler, weil sie mir das Leben geschenkt haben.
Danke.

Eine starke Frau

Eine wahre Geschichte

Vorwort

Lieber Alexander, Lieber Andreas!

Ich möchte euch einiges vom Leben eurer Urgroßmutter erzählen.
Zum einen, weil ich sie in ihrer ganzen Persönlichkeit für mich als Vorbild sehe und ihr somit auch von meiner Einstellung zum Leben einiges erfahren könnt.
Zum zweiten, weil es für euch sicherlich interessant ist, etwas über eure Vorfahren und deren Bräuche zu erfahren. So könnt ihr vielleicht die Ursache für die eine oder andere Handlungsweise oder Einstellung, die ihr bei euch selbst entdeckt, erkennen. Warum ihr so und nicht anders reagiert auf die Dinge, die euch im Leben begegnen.

Eure Urgroßmutter hat viel erlebt und durchgemacht.

Sie hat Schicksalsschläge erlitten, die ihr hoffentlich nie erleiden müsst.

Sie hat in oft auswegslos erscheinenden Situationen Ruhe bewahrt und nicht aufgegeben.

Sie hat enormen Kampfgeist entwickelt.

Sie hat die Hoffnung, ihre Ziele zu verwirklichen, nie beiseitegelegt.

Mit ihrem starken Glauben wurde für sie scheinbar Unerreichbares erreichbar.

Sie hat in jeder Lage, in allem, was sie erlebt hat, das Positive gesehen und somit auch aus den unzähligen negativen Ereignissen ihres Lebens ihre positiven Erfahrungen gezogen.

Sie ist/war eine bemerkenswerte Frau.

Lieber Alexander, lieber Andreas, ich hoffe, euch mit nachfolgenden Zeilen einiges für euren Lebensweg mitzugeben!

Das wünscht sich für euch, eure Mama.

Der Anfang

Ruma, 7. Oktober 1921: Ein kleines Wesen von rund dreitausend Gramm bemüht sich, trotz schwierigster Bedingungen auf diese Erde zu gelangen. Es kostet ihm viel Mühe und Kraft, endlich den ersten Lichtstrahl zu erhaschen. Gott sei Dank wusste dieses Mädchen noch nicht, was alles in seinem Leben geschehen würde. Vielleicht hätte es sonst sein Vorhaben, um alles in der Welt das Licht des Lebens zu erblicken, noch geändert. Doch es war gleich von der ersten Wehe seiner Mutter an mutig und hielt Ausschau nach seinem Erdendasein, in das es in der Zeit nach dem ersten Weltkrieg hineingeboren wurde. Sein Leben sollte nicht einfach werden.

Mit seinem kleinen, von den Spuren der Geburt noch etwas verunstalteten Körper blickte es mit großen, dunklen Augen zuerst in das hochrote Antlitz seiner Mutter und begann, als ob es sofort zeigen wollte, dass es in Hinkunft ein ganz wichtiger Mittelpunkt in deren Leben sein werde, kräftig zu schreien. Die Mutter legte sich das Kind an die Brust, so dass sich beide, Mutter und Kind, durch diese große Nähe, diese innige Geborgenheit miteinander verbunden fühlten, als ob sie sich schon immer gekannt hätten. Die Mutter legte ihre Arme sanft um das kleine Wesen und sprach erstmals mit ihm. Es waren die Stimme, der Geruch, ja selbst die Stille im Raum, die sie einander ganz nahebrachten.

Draußen herrschte ein reges Treiben, nur innerhalb der vier Wände breitete sich diese Ruhe der besonderen Art aus. Prägte schon dieser erste Moment das gesamte Leben dieser Frau aus Ruma? Rundherum ein lautes Treiben, eine Unruhe, eine Rastlosigkeit, und in diesen beiden Menschen Ruhe, Liebe, Zuversicht?

Das Mädchen war in eine von enormen Tatendrang der Menschen gekennzeichnete Zeit hineingeboren worden. Der erste Weltkrieg war noch nicht allzu lange vorüber. Die Soldaten kehrten zu ihren Familien zurück. Es wurden viele Ehen geschlossen, und in der Folge kamen viele Kinder zur Welt. Schon jeder Halbwüchsige versuchte damals, sich ein eigenes Heim zu schaffen oder nach den schrecklichen Wirren des Krieges seinen ererbten Besitz wieder in Schuss zu bringen. Allenthalben verspürte man den Aufbruch, ein neues, vor dem Krieg nicht gekanntes Arbeiten war angesagt. Es war so, als wollten die

Menschen all das, was sie durch die Katastrophe des Krieges verloren hatten, in möglichst kurzer Zeit wiederaufbauen. Ja, noch mehr. Es sollte alles besser, feiner, ergiebiger werden für die Bewohner von Ruma.

In diese arbeitsame Gesellschaft des kleinen Städtchens wurde also dieses kleine Geschöpf, meine Großmutter, hineingeboren. Doch standen die Sterne gut für unseren Neuankömmling? Das wird unsere Geschichte noch zeigen.

Die Frau in Schwarz

Das kleine Kind, das so ganz auf die Hilfe anderer angewiesen in seinem Korb lag, gebadet und frisch gewickelt, in einem Raum, den man gut durchgelüftet hatte, wurde von seiner Mutter über alles geliebt, obwohl es kein Kind war, das aus Liebe gezeugt worden war. Die Voraussetzungen für dieses neue Leben waren nicht die besten gewesen. Die Mutter dieses Babys war eine verbitterte Frau. Gegen ihren eigenen Willen, nur auf Anraten oder eher auf die Anordnung ihrer Eltern hin hatte sie den Mann ihrer verstorbenen Schwester geheiratet. Selbst schon beinahe in festen Händen, war sie trotz innerer Ablehnung, traurig und fast verzweifelt, wie es halt im Ruma der Zwanzigerjahre so üblich war, voll Gehorsam der elterlichen Anordnung, den Witwer zu heiraten, nachgekommen.

Ihre ältere Schwester war fünfundzwanzigjährig gestorben und hatte zwei Söhne, den zweijährigen Georg und den fünfjährigen Josef, hinterlassen. Beide sollten so schnell wie möglich eine Stiefmutter bekommen. Es war in Ruma Brauch, dass eine Schwester der Verstorbenen dieser als Ehefrau nachfolgte und somit die Rolle der

Mutter für die beiden Buben zu übernehmen hatte. Von den vier Schwestern, die die Verstorbene hatte, war sie gerade im heiratsfähigen Alter. Somit stand sie als Braut für den jungen Witwer und Stiefmutter der beiden Buben fest.

Nach zwei Jahren Ehe, die von wenig Liebe, dafür aber von viel Selbstüberwindung und einer damit einhergehenden großen Traurigkeit geprägt waren, hatte sich die Geburt ihres Töchterchens am 7. Oktober 1921 angekündigt, nachdem das erste Kind, das sie empfangen hatte, ein Knabe, schon nach wenigen Tagen gestorben war. Sie nannte ihr Mädchen Juliane. Sie liebte ihr Kind über alles, denn die Erfüllung, die sie in ihrer Ehe nicht finden konnte, suchte und fand sie jetzt in diesem jungen Lebewesen, in ihrer Tochter.

Ihr müsst wissen, dass diese kleine Juliane dann die Mutter meiner Mutter wurde, also eure Uroma.

Juliane war ein sehr aufgewecktes, wissbegieriges Mädchen. Mit ihren blitzblauen Augen, den dunklen Wimpern und dem unschuldigen Blick war dieses adrette, gepflegte kleine Persönchen sehr bald überall beliebt. Ihre lang gewachsenen Haare trug sie meist zu Zöpfen geflochten. Juliane war ihr Name, doch zumeist rief man sie Julchen. Ich finde, dieser Name passte sehr gut zu ihr.

Auch Julchen liebte ihre Mutter über alles. Nur eines bereitete ihr dabei immer wieder Kopfzerbrechen: Sie fragte sich, warum sie ihre Mutter nur in Schwarz sah. Andere Mütter, überlegte sie, tragen farbenfrohe Kleider, die sie frisch und freundlich erscheinen lassen. Nur ihre Mutter sollte in dieser düsteren Farbe umhergehen und nichts von ihrer Freude und Fröhlichkeit, an die Julchen natürlich glaubte, weitergeben können? Und eines Tages, als Julchen acht Jahre alt war, gab sie sich einen Ruck und sprach mit ihrer Mutter über diese quälenden Gedanken. Da erzählte die Mutter dem Mädchen ihre Geschichte.

„Die Trauer darüber, nicht den Mann, den ich wirklich geliebt habe, heiraten zu dürfen, wird mich mein Leben lang begleiten. Sie ist der Grund für mich, mich immer Schwarz zu kleiden. Kind, ich muss Buße tun, deshalb trage ich schwarz!"

Diese Worte schleppte Julchen lange in ihrem Gedächtnis mit, verstanden hat sie sie erst viel später, in der Zeit, als sie selber in das heiratsfähige Alter gekommen war. Denn ihre

Mutter meinte immer zu ihr: „Heirate du, wen immer du auch liebst! Ich werde dich nie beeinflussen!"

Kindheit – Jugendzeit

Julchens Vater bewirtschaftete einen Bauernhof mit zwei Kühen, drei Rössern, sechs bis sieben Schweinen, Hühnern, Enten und Gänsen. Ihre Halbbrüder halfen, als sie zwölf, dreizehn Jahre alt waren, schon fleißig mit. Jeder war stolz, nach der sechs Jahre dauernden Schulzeit auch auf dem Feld seinen „Mann" zu stellen. Der Arbeitswille dieser jungen Leute war enorm. Diese Strebsamkeit, dieser Fleiß und natürlich auch ihre Bräuche waren die Ursachen für den starken Zusammenhalt dieser Volksgruppe in Ruma. Denn es war nicht immer leicht, sich den anderen gegenüber durchzusetzen. Einerseits wohnten nämlich in der kleinen Stadt Ruma slawische Einwanderer, die ab 1750 den damals noch kleinen Ort aufgebaut hatten. Sie gehören zumeist dem Bauernstand an. Die zweite eingewanderte Volksgruppe, geborene Franken, also Menschen deutschen Ursprungs, erkannte man an ihrer Genügsamkeit und Sparsamkeit. Die serbisch-kroatischen Volksgruppe hatte eine ganz andere Mentalität, was sich im Alltagsleben immer wieder abzeichnete. Sie waren zwar die Minderheit in Ruma, Kroaten waren es jedoch, die dieses Gebiet regierten. So kam es immer wieder zu Konflikten.

An oberster Stelle der Uneinigkeiten stand der Wunsch der Kroaten, die deutsche Sprache ihrer Mitbürger abzuschaffen. Die Deutschen hielten aber an ihrer Sprache, ihrer Religion und ihren Bräuchen fest. Verlieren wir unsere Sprache, unsere Traditionen, so sind wir verloren, dachten die meisten. Und es sollte die Mehrheit entscheiden, über die auch die Kroaten nicht so einfach hinwegkonnten. Die Deutschen konnten ihre Bräuche und – das war für sie das Wichtigste – den Gebrauch der deutschen Sprache beibehalten.

So ging Julchen selbstverständlich in eine deutsche Schule, in der freilich neben anderen Fächern auch das Unterrichtsfach Kroatisch gelehrt wurde. Deutsche Lehrer unterrichteten die Kinder. Schon durch ihr Vorbild leiteten sie die Schüler an, auf ihre deutsche Herkunft stolz zu sein. Zusätzlich hatte man in Ruma Singschulen eingerichtet, um dort deutsche Lieder für spezielle Angelegenheiten und Feste zu erlernen. Auch regelmäßige Tanzveranstaltungen und die einheitliche Tracht zeigten die Zusammengehörigkeit der deutschen Volksgruppe. Die meisten Bürger deutschen Ursprungs gehörten der katholischen Glaubensgemeinschaft an. Daher war auch eine eigene Kirche errichtet worden, welche heute noch in Ehren gehalten wird.

Julchen wuchs also in Ruma heran, lernte Deutsch als ihre Muttersprache, traf sich regelmäßig zum Erlernen hauswirtschaftlicher Fähigkeiten mit verschiedenen anderen Familien und besuchte die Singschule. Wenn sie nach dem Samstagskino heimwärts zog, hörte man ihre helle Stimme auch in den Gassen des Städtchens. In der Sonntagsmesse konnte man Julchen in einer der vordersten Reihen sitzen sehen.

Quelle: Wilhelm,F., Rumaer Dokumentation 1745-1945, Band II S. 141

Am Sonntagabend schwang sie in der typischen Tracht von Ruma schon in sehr jungen Jahren ihr Tanzbein. Sie richtete sich nach dem Alltag, der in Ruma alle jungen Leute prägte.

Julchen konnte sich glücklich schätzen, eine solche Kindheit, eine solche Jugendzeit zu durchleben. Dann kam es, wie es kommen musste: Sie lernte mit vierzehn Jahren ihren späteren Mann, Josef mit Namen, der ebenfalls aus Ruma stammte, kennen und lieben. Zwei Jahre später wurde Hochzeit gefeiert.

Hochzeit

Am 17. Jänner 1938, um elf Uhr Ortszeit stand ein sechzehnjähriges, zartes Geschöpft, dass durch die reinweiße Tracht, die ihre Figur nicht betonte, gar nicht so zart aussah, wie sie eigentlich war, in der katholischen Kirche von Ruma.

Der plissierte Rock und die mit Puffärmeln besetzte Bluse vermochten, wenn es notwendig war, zwar überschüssige Pfunde gut zu kaschieren, aber sie gaben einer Frau, die von Natur aus schlank war, keine gute Figur. Doch darauf kam es nicht an. Am wichtigsten war für die Menschen in Ruma, dass ihre Tracht praktisch war. Der Bund des Rockes war durch seine Weite veränderbar: Sowohl im „Normalzustand" als auch als „Schwangere" würden die Frau aus Ruma diesen Rock ein Leben lang tragen können.

In weißen, flachen Schuhen, um den Bräutigam ja nicht zu überragen, stand also Julchen vor dem mit Blumen geschmückten Traualtar. Ihre dunkle Haarpracht war von einem weißen Kopftuch bedeckt.

Draußen vor der Kirche herrschten Temperaturen unter null Grad Celsius. Der heftige Wind ließ es noch kälter erscheinen. Unverkennbar gab sich der kälteste Monat im Jahr. Schnee wirbelte durch die Luft. Alles schien in Bewegung. Alles würde heute anders werden. Eine Schneedecke würde die Landschaft verhüllt haben, wenn die Menschen die Kirche verlassen. Ein neuer Abschnitt im Ablauf des Jahres kündigte sich an.

Und diese Veränderung vor der Kirche machte an der Kirchentür nicht halt. Trotz Prunk und Orgelmusik, trotz der Freude über diesen schönsten Tag in ihrem Leben, wie es die Leute von Ruma verkündeten, durchpflügten so manche gar nicht zur Hochzeit passende Gedanken Julchens Kopf. Ihre blauen Augen starrten fragend zur Decke. Sie wurde an so vieles erinnert und wusste dennoch nicht, was es eigentlich war, was sie bedrückte. Freilich war es ein großer Schritt, den sie da wagte in ihrem zarten Alter. Auch ihr Bräutigam war ja nur zwei Jahre älter als sie. Es kribbelte in ihrem Inneren. Es kribbelte nicht deshalb, weil sie unsicher war, ob, der, dem sie das Jawort gab, der Richtige war. Der Grund Ihres Unbehagens war, weil sie an die Zukunft denken musste. Drehte man das Radio auf, hörte man von Unruhen, von Unruhen überall. Kriegerische Gedanken verbreiteten sich über die ganze Welt! Ging man nur auf die Straße, überfiel einen, obwohl der Alltag in Ruma wie immer war, eine innere Unruhe, ja eine unerklärlich erscheinende Angst. Ein unbeschreibliches Gefühl überkam zu dieser Zeit die Menschen. Auch in Ruma. Die Gedanken der jungen Braut, die eigentlich voll hätten sein sollen von der übergroßen Freude des Hochzeitstages, drehten sich daher in diesen Minuten, in denen die Orgel mit all ihren Registern lauten Jubel zu verkündigen versuchte, um ganz andere Dinge:

„Würde es abermals zum Krieg kommen?"

„Würde man uns wieder alles wegnehmen?"

„Würden wir uns ein gemeinsames Leben aufbauen können?"

„Würden wir eines Tages Kinder in diese Welt setzen?"

„Würde mein Mann einrücken müssen?"

„Würde er aus dem Krieg zurückfinden?"

Überschattet von diesen Ängsten stand Julchen vor dem Traualtar. Wenn sie auch versuchte, all das, was sie so sehr beunruhigte, zu verdrängen, es gelang ihr nicht. Trotzdem versuchten die beiden Brautleute, diesen Tag, der vielleicht der letzte gemeinsame Festtag in ihrem noch so jungen Leben werden könnte, zu genießen. Ja, sie genossen ihn auch. So gut wie es eben ging.

Auf eines möchte ich euch, meine lieben Kinder, noch ganz besonders hinweisen:

In dieser Zeit war es in Ruma üblich, in recht jungen Jahren zu heiraten. Wahrscheinlich geschah das deshalb, weil man als Kind früher als heute zur Selbstständigkeit erzogen worden war und daher auch früher lernte, Verantwortung zu übernehmen und somit früher zu einem erwachsenen Menschen reifen konnte.

Diese Erziehung zur Selbstständigkeit hatte auch bei Julchen bereits in der Kindergartenzeit begonnen: Sie war als Fünfjährige Tag für Tag allein in den zwanzig Gehminuten entfernten Kindergarten marschiert. Dabei hatte sie ihre Freundinnen abgeholt, und gemeinsam waren sie meist singend losmarschiert. Diese Selbstständigkeit schon der Kleinsten war für die Menschen in Ruma in der damaligen Zeit selbstverständlich. So ist es auch nicht verwunderlich, dass sich Julchen damals, als sie am Weg zum Kindergarten ein sogenanntes Scharlachschild erblickte, sofort an Mutters Warnung erinnerte und einen großen Bogen um dieses gefährliche Haus machte. Die Angst vor der Krankheit, an der viele Menschen gestorben waren, war groß in Ruma. Doch die Eltern verabsäumten nicht, ihre Kleinsten schon dementsprechend zu unterrichten, so dass diese dann selbstständig die richtige Entscheidung zu treffen in der Lage waren.

Ab dem sechsten Lebensjahr besuchte Julchen die sechsjährige Grundschule. Mit zwölf Jahren wurden die Kinder schon als fast vollwertige Arbeitskräfte eingesetzt. Mit sechzehn, siebzehn Jahren wurden die Mädchen verheiratet. Eine achtzehnjährige Unverheiratete galt schon als alte Jungfer.

Doch zurück zu Julchens Hochzeitstag.

Das Hochzeitsbrauchtum der Deutschen bescherte Ruma immer ein einmaliges

Ereignis und unterschied sich in vielem von dem der anderen Volksgruppen. Mitgift und Aussteuer wurden seit langem angespart, ganz zum Unterschied zu den Serben und Kroaten, welche, um ein ordentliches Fest zu feiern, einfach Land verkauften.

So konnte sich auch Julchen später an ihren Hochzeitstag mit Freude zurückerinnern: Es war ein Tag. der mit dem Empfang der heiligen Kommunion begann und dann in ein gemütliches gemeinsames Frühstück überging. Die Haare fein frisiert, jedoch mit einem weißen Tuch bedeckt, in einem weißen Hochzeitskleid, ließ sich Julchen vom Bräutigam, seinem Taufpaten, dem Guma, den Musikanten und den Hochzeitsgästen abholen. Der Guma hatte dabei die Aufgabe für seinen Schützling, den Bräutigam, bei den Brauteltern formell um die Hand der Braut anzuhalten. Zum rhythmischen Gesang des Liedes „Schön ist die Jugend" zog die Hochzeitsgesellschaft dann zur Kirche. Nach dem Gottesdienst entwickelte sich ein Riesenfest, für das schon eine Woche vorher gebacken, geschlachtet und gekocht worden war. Man feierte mit den Bräutigameltern bis in die Morgenstunden des nächsten Tages im Gasthaus. Als Aussteuer bekam Julchen das Schlafzimmer, die Küche, und einige persönliche Dinge, wie Polster, Decken, Überzüge und dergleichen.

Julchens Leben als Ehefrau

Nach dem gut organisierten und trotz der belastenden Gedanken Julchens Freuden reichen Hochzeitstag, betrat sie als blutjunge Ehefrau die Schwelle des fünfundzwanzig Joch großen Bauernhofes ihrer Schwiegereltern. Hier hieß es vom ersten Tag an ordentlich zupacken. Die Familie versorgte sich selbst mit allem Nötigen. Es gab nicht viel, was sie am Wochenmarkt zukaufen musste. Aber dies bedeutete natürlich, dass alles Lebensnotwendige gepflanzt und gezüchtet und dann verarbeitet werden musste. So ergab sich für Julchen eine vielfältige Beschäftigung, die vor allem aus der Feldarbeit, der Aufzucht

und Verarbeitung der Tiere bestand, der Arbeit im Weingarten, dem Brotbacken, dem übrigen Haushalt und nicht zu vergessen, die Arbeit im Gemüsegarten. Daneben produzierte man im Haus ihres Mannes aus den Früchten des eigenen Zwetschkengartens Schnaps und verkaufte diesen.

Die junge Ehefrau war trotz aller Arbeit und Mühen glücklich und zufrieden. Die Arbeit war sie schließlich ja gewohnt. Sie scheute vor nichts zurück. Ihr Tag begann frühmorgens um Fünf. Das Kopftuch umgebunden, ging es gleich in den Stall zum Vieh. Dann richtete sie die Jause für die Arbeiter her.

Ihre Felder befanden sich ungefähr eine halbe Fahrstunde vom Hof entfernt. Weil die Feldarbeiter natürlich auch die Mittagskost zu erhalten hatten, war Julchen fast den ganzen Tag unterwegs. Abends waren dann wieder die Tiere an der Reihe. Es war immer genug zu tun.

Der erste Schicksalsschlag

Einige Monate nach der Hochzeit überkam Julchen regelmäßig morgendliches Erbrechen, welches sie zunächst gar nicht ernst nahm. Doch nach einiger Zeit betrachtete sie ihre Schwiegermutter von oben bis unten und meinte: „Du bist schwanger, Mädchen!" Und so war es. Eine Hebamme stellte fest, dass das Kind um die Weihnachtszeit zur Welt kommen würde. Die Freude war groß, vor allem bei der Schwiegermutter, die Juliane ab dem Tag, an dem ihre Schwangerschaft feststand, von der Feldarbeit entlastete. So hatte sie nur noch die Hausarbeit zu erledigen: Kochen, die Betreuung des Weingartens, des Gemüsegartens, Waschen, Putzen, das Vieh etc. Auch diese Tätigkeiten reichten vollauf. Juliane war ständig in Bewegung und konnte kaum ruhen.

An einem drückend schwülen Augusttag setze plötzlich ein sonderbares Ziehen in Julianes Bauch ein. „Wehen können es keine sein", dachte sie, „mein Termin ist ja erst im Dezember." Trotzdem kam ihr das Ganze eigenartig vor. Schließlich legte sie sich in das Bett und ließ sicherheitshalber nach der Hebamme rufen. Die Schmerzen im Unterleib waren inzwischen unerträglich geworden.

„Vielleicht hat sich die Hebamme verrechnet", begann Juliane nachzugrübeln. In der Lendengegend wurde sie von heftigsten Kreuzschmerzen geplagt. Es war Juliane klargeworden: Das Kind musste kommen! Es mussten die Wehen sein!

Gerade in dem Moment, als die Hebamme das Zimmer betrat, drückte Juliane durch eine einzige Presswehe das Kind aus ihrem Leib. Sie und die Hebamme blickten auf den viel zu kleinen Körper eines Mädchens, auf dessen Schrei die vergeblich warteten. Die Hebamme klopfte und schüttelte das regungslose Wesen, doch vergeblich. Es war kein Laut aus ihm herauszubekommen. Auf Grund der Größe des Körpers wusste die Hebamme gleich, dass es sinnlos wäre, sich weiter zu bemühen, Leben in das kleine Etwas zu bringen. „Das tote Kind" konnte höchstens fünf oder sechs Monate sein", meinte sie dann. Der Grund, warum das Kind so früh zur Welt gekommen und gestorben war, konnte nie geklärt werden.

„War es bereits im Mutterleib gestorben?"

„Überlebte es die Geburt nicht?"

„Auf jeden Fall wäre es in diesem Alter nicht überlebensfähig gewesen!"

„Aber was oder wer war schuld?"

„Hätte ich mehr ruhen müssen?"

„Funktioniert mein Körper nicht richtig?"

„Kann ich überhaupt ein gesundes Kind bekommen?"

„Wäre dieses Mädchen behindert gewesen?"

Diese Fragen stellte sich Juliane immer wieder. Eine Nottaufe wurde vorgenommen. Juliana sollte das Mädchen heißen, wie seine Mutter. Große Enttäuschung lag in den Gesichtern der Frauen, lange unterdrückte Tränen rollten nach einiger Zeit über Julianes Wangen. Totenstille herrschte im Raum.

Viel Zeit zu überlegen und nachzugrübeln gab es jedoch nicht. Über solch ein Problem wie eine Frühgeburt sprach man damals in Ruma einfach nicht. Jeder stürzte sich wieder in seine Arbeit und tat, als ob nichts gewesen wäre. Gerade das war aber das Schlimmste, die Ursache für den Tod ihres ersten Kindes nicht zu kennen. Unerträglich war für Juliane, dass sie mit niemanden über ihre Gefühle, über ihre Gedanken, die sie so sehr belasteten, reden konnte. So nahm auch sie so bald als möglich ihre geregelte Arbeit im Bauernhof wieder auf und versuchte, das, was geschehen war zu verdrängen.

Und ihr, meine beiden Buben wisst ja, dass es eurer Mama ebenso erging und ihr ein kleines Schwesterchen gehabt hättet.

Der zweite Schicksalsschlag

Einige Monate nach dieser verfrühten Geburt erkrankte Julianes so sehr geliebte Mutter. Die noch so junge Frau litt am Anfang an Ohrenschmerzen. Diese entpuppten sich aber in der Folge als sehr gravierend. Eine Woche lang behandelte sie ein Arzt aus der Gegend, der täglich auf Visite zu ihr kam. Jedes Mal erwärmte er Leinsamenkörner und legte sie an ihr Ohr. Die Schmerzen wurden dadurch aber nicht erträglicher, sie wurden vielmehr immer schlimmer, und das tagelange Wimmern der Kranken ging bald in unüberhörbares Schreien über.

So packte Julianes Großvater seine Tochter zusammen und fuhr mit einem Taxi in das dreißig Kilometer entfernte Krankenhaus in Novisad. Eine Notoperation folgte. Die Ärzte öffneten das Ohr, doch schlossen sie es auch gleich wieder. Der Eiter war bereits bis in das Gehirn vorgedrungen. Diagnose: Keine Chance für Julianes Mutter. Es war zu spät, diese Frau zu retten. Einen Tag gaben ihr die Ärzte noch. Am darauffolgenden Tag wurde sie vom Roten Kreuz noch nach Hause überstellt, Juliane hörte den Wagen und rannte sofort nach draußen, um ihre Mutter zu empfangen. Mit schmerzstillenden Mitteln vollgepumpt, gestützt vom Krankenpersonal, kam sie ihr entgegen. Kreidebleich im Gesicht wollte sie etwas sagen, doch sie brachte kein Wort mehr über die Lippen. Juliane erschrak! Ihre Mutter kam in einem schlechteren Gesundheitszustand zurück, als sie weggegangen war. Der Eiter im Gehirn hatte bereits das Sprachzentrum angegriffen.

Juliane, die inzwischen wieder im sechsten Monat schwanger war, wich die nächsten drei Tage, die ihre Mutter noch leben sollte, nicht von ihrer Seite. Betend und weinend hielt sie ihre Hand, tröstete sie. Sprechen konnte ihre Mutter kaum mehr. Schmerzmittel wurden ihr verabreicht. So verbrachten Mutter und Tochter die letzten Stunden in aller Stille nebeneinander. Ihre Verständigung erfolgte nur mehr durch Hautkontakt, durch zärtliches Streicheln. Der Gedanke, die geliebte Mutter in diesem Alter zu verlieren, erschien Juliane unerträglich. Sie hätte ihr noch so viel zu erzählen gehabt, sie hätte von ihr noch so viel lernen wollen. Sie sollte wenigstens noch ihr Enkelkind, das Juliane in sich trug, sehen und in den Arm nehmen.

Einmal in diesen drei Tagen, als es der Mutter für einen Moment etwas besser zu gehen schien, ergriff sie Julianes Arm, tastete sich bis an ihre Hand, dann bis zu den Fingern vor. Sie berührte sie und spürte den Ring, Julianes Ehering. Sie drehte an ihm und weinte. Beide weinten. Das war ihre letzte Berührung. Heute stellt sich meine Oma noch oft die Frage, was ihre Mutter mit dieser letzten Geste wohl ausdrücken wollte.

Im Mai 1939 verstarb Julianes Mutter neununddreißig. Mit gefalteten Händen und einem Lächeln in ihrem Gesicht lag sie auf ihrem mit Damast überzogenen, weißen Totenbett. Sie war dieser schlimmen Ohrenentzündung erlegen.

Nun war Juliane binnen zehn Monaten bereits zum zweiten Mal mit dem Tod konfrontiert worden. Ein totes Kind, eine tote Mutter. Was sollte noch kommen?

Die restlichen Monate des Jahres 1939 vergingen wie im Flug. Ein Ereignis folgte dem anderen. Die Gedanken der gläubigen Frau aber kreisten einzig um den Tod der beiden geliebten Menschen, vor allem aber um die Erinnerung an die letzten Tage mit ihrer Mutter.

„Was war der Grund, warum ich vom lieben Gott im Stich gelassen wurde?"

„Er steht über allem, und er nahm mir zwei Schätze?"

„Was war der Sinn?"

„Was hat dies zu bedeuten?"

„Was soll ich daraus lernen?"

„Soll ich daraus Kraft schöpfen?"

„War es besser, lieber kein Kind als vielleicht ein behindertes Kind aufzuziehen?"

Sie versuchte, Kraft zu schöpfen aus dem neuen Leben, das in ihr wuchs. Alles andere sollte nun verdrängt werden.

„War es nicht Geschenk genug, wieder guter Hoffnung zu sein!"

Dieses noch ungeborene Geschöpf und ihr fester Glaube an Gott stärkten Juliane in dieser so schwierigen Zeit.

Ende August 1939 brachte Juliane schließlich einen Knaben zur Welt. Dieses kleine hilfsbedürftige Wesen, das sie sich so sehr gewünscht hatte, dass nun gesund und munter die Welt erblickte, das sie in die Arme nehmen durfte und ihr Eigen nennen konnte, entschädigte für vieles. Sie nannte das Baby nach dem Vater, Josef.

Und es gab Augenblicke, die nur eine Mutter kennt.

Und es gab Momente, die nur ein Gläubiger versteht.

Und es gab einen Glanz in ihren Augen, der Stolz ausdrückte.

Der Zweite Weltkrieg bricht aus

Schon wenige Tage später befand sie sich wieder in der Realität des Alltages von Ruma und hatte keine Zeit mehr zu träumen. Hitler war in Polen einmarschiert. England und Frankreich stellten sich auf die Seite Polens und antworteten mit Kriegserklärungen gegen Deutschland. Der Zweite Weltkrieg war entbrannt.

Ruma wurde vorerst noch verschont. Der Krieg wurde mittels Radio aus sicherer Ferne verfolgt, bis schließlich Julianes Mann und seine beiden Brüder im Frühling 1940 den Einberufungsbefehl erhielten. Kaum ausgebildet, sollten sie an die albanische Grenze, um dort ihren Militärdienst zu absolvieren. Man benötigte dort Kanonenfutter. Dies war der Grund, warum man sie völlig unvorbereitet an die Front schickte. Die albanische Grenze war so ziemlich das Letzte, was man sich wünschen konnte. In dieser Strafkompanie hatten sie als Deutsche den Serben aktiv zu dienen. Es war eine schlimme Zeit, unter der mein Opa, der damals neunzehnjährige Familienvater, ganz besonders litt.

Die Behandlung der Vorgesetzten auszuhalten, die Unterwürfigkeit, die von den Soldaten verlangt wurde, all das musste erst gelernt werden, sonst wären die Schläge, die die Soldaten nur allzu oft ausfassten, nicht zu ertragen gewesen. Auch die schlechte Ernährung und die körperliche Anstrengung verlangten den Soldaten allzu viel ab.

Ab und zu verfasste ihr Mann einen Brief an Juliane. Das tat seiner Seele einfach gut. Er wollte ihr von seinen Ängsten und Nöten berichten. Denn diesen Krieg, soviel stand für ihn fest, wollte er ganz bestimmt nicht. Oft schweiften seine Gedanken in die Vergangenheit zurück, hin zu seiner wieder schwangeren Frau und zu seinem Sohn. Skepsis und Ängste begleiteten seinen Ausblick in die Zukunft, die vor ihm lag.

Juliane dachte anders. Sie war nicht so schnell aus der Ruhe zu bringen, nicht einmal durch den Krieg. Je schwieriger die Situation war, desto kämpferischer wurde sie. Wieder schwanger stand sie so auf ihrem Hof in Ruma allein ihren „Mann".

Es war Sommer. Die Ernte war in vollem Gange. Juliane hatte einfach keine Zeit, sich allzu viele Gedanken über ihren Mann an der

Front zu machen oder über dessen Briefe nachzugrübeln. Er musste schon selbst über diese Lage hinwegkommen. Sie verbrachte die meiste Zeit mit ihrem fast einjährigen Sohn auf dem Feld. Während er im Kinderwagen unter einem Baum schlief, erledigte sie ihre Arbeit. Sie versorgte mit Hilfe ihrer Schwiegermutter auch das Vieh, kochte und betreue den Weingarten.

Am 27. August halfen alle mit beim Zwetschgenklauben. Juliane hatte noch vor, am Nachmittag den bereit gestellten Brotteig zu verarbeiten. Doch starke Wehen verhinderten letztlich, dass sie backen konnte. Um zwei Uhr Nachmittag begab sie sich in das Schlafzimmer, legte sich ins Bett und meinte nur, es sei soweit. Sie ließ die Hebamme rufen. Um 15:30 Uhr war alles vorbei. Ihr zweiter Sohn, der kleine Jakob, meldete sich mit lautem Gebrüll.

Dem Wunsch der Eltern nach hätte es zwar ein Mädchen werden sollen, aber Juliane war auch über das gesunde, kräftige Bürschchen mit kohlrabenschwarzen Haaren und Augen überglücklich. Alles war an ihm dran, und das war schließlich das Wichtigste. Juliane genoss die Woche mit dem kleinen Jakob in vollen Zügen. Im Kindbett sammelte sie neue Kräfte.

Als nächstes begann Juliane, die noch keine neunzehn Jahre alt war, den Hof ihrer Schwiegereltern umzubauen. Diese hatten das Haus gegenüber erworben, sie nutzte die Gelegenheit, ihr Haus für sich und ihre Familie, ihren Bedürfnissen entsprechend, herzurichten. Sie setzte dabei so manches, was man nicht erwartet hatte, in Bewegung, um ihre eigenen Ideen durchzusetzen. Dies ging einige Zeit gut, bis es eines Tages zu einem folgeschweren Unfall kam.

Der dritte Schicksalsschlag

Es war ein kalter Tag zu Ende des Jahres 1940. Frühmorgens molk Juliane die Kühe im Stall, während ihre beiden Kleinen noch schliefen. Sie sah die zu Boden gefallenen Mais Stängel liegen und sammelte sie ein. Plötzlich schlug eine angekettete Kuh ohne jeden ersichtlichen Grund wild um sich. Hatte sie eine lästige Fliege irritiert? Oder war sie durch ein Geräusch erschrocken? Was bedeutet der Grund schon gegenüber dem, was geschah? Mit einem Horn traf sie das linke Auge Julianes. Diese schrie laut auf und griff sich in das blutüberströmte Gesicht. Um Hilfe rufend eilte sie in das Wohnhaus. Doch niemand war da, der ihr hätte helfen können. So lief sie zu den Nachbarn, ihren Verwandten. Ihr Onkel reagierte schnell, denn er hatte sofort erkannt, dass etwas allzu Schlimmes passiert war. Julianes Gesicht war mit Tränen, vor allem aber mit Blut verschmiert. „Mein Auge, mein Auge!", wimmerte sie. Der Onkel verband sie, so gut er es verstand, und setzte sich mit ihr in den Bus, der in das dreißig Kilometer entfernte Novisad fuhr.

Dort stellte im Krankenhaus ein Facharzt fest, dass die schwere Augenverletzung operiert werden musste. Doch die Operation konnte aufgrund der Schwellung frühestens erst in zwei Wochen vorgenommen werden. Mit einem großen Verband um den Kopf kam Juliane in ihrem blutbesudelten Kleid spät abends, gestützt vom Onkel und mit ihren Kräften völlig am Ende, wieder nach Hause.

Ab diesem Zeitpunkt verweigerte Jakob, ihr Jüngster, die Muttermilch. Die Furcht vor dem Verband, diesem weißen „Ungetüm" im Gesicht Julianes, war zu groß. Doch die Schwellung ging kaum zurück. Zwei schlimme Monate verstrichen. Juliane war von Schmerzen gezeichnet. Endlich war es soweit, dass die Operation erfolgen konnte. Doch inzwischen war der Krieg fortgeschritten. Man konnte das Spital in Novisad, dass auf der anderen Seite der Donau lag, nicht mehr erreichen. Durch die Veränderungen, die der Krieg gebracht hatte, gehörte es jetzt zu Ungarn. Die Grenzen wurden scharf kontrolliert. Da hörte Juliane, dass die Operation auch in Belgrad vorgenommen werden könnte. Dort gäbe es einen Arzt, der fähig wäre, diese komplizierte Operation durchzuführen, um ihr das Auge und die Sehkraft zu retten. Doch wegen der Kriegsereignisse gelangte niemand mehr nach Belgrad. Die Zufahrtstraßen waren bereits gesperrt. Als Juliane trotzdem diese Stadt zu erreichen versuchte, gelang es ihr nicht. Todunglücklich musste sie nach Hause zurück. Der Arzt in Ruma behandelte Julianes Auge mit seinen bescheidenen Mitteln weiter. Lange Zeit nach dem Unfall quälten sie noch beinahe unerträgliche Schmerzen, die sie mit ihrer Arbeit und mit Tabletten eindämmte, um überhaupt weiterleben zu können. Die Sehkraft des linken Auges hatte sich zunehmend verschlechtert.

Heute wisst ihr sicher, kann eure Uroma am linken Auge nur mehr Schatten erkennen. Die Ursache dafür liegt so weit zurück. Ich weiß nicht, ob ihr euch das überhaupt vorstellen könnt, ihr beiden?

Der Krieg vor Ort

Im Jahre 1941 hörte man nicht nur im Radio von den deutschen Truppen, die in viele Länder Europas einmarschierten, man verspürte das grauenvolle Entsetzen des Krieges in Ruma auch am eigenen Leib. Deutsche Soldaten kamen in das Städtchen. Belgrad wurde bombardiert. Nach einigen Tagen war das ganze Land von den Deutschen besetzt.

Bald darauf stießen die deutschen Soldaten auch bis zur albanischen Grenze vor. Mein Opa war glücklich darüber, weil er und seine Kameraden endlich aus ihrer verzweifelten Situation als Kanonenfutter befreit würden.

Die Deutschen nahmen sie in ein Gefangenenlager nach Skopje mit. Erfreut über das Ende der „Sklavenschlaft" unter den Serben, stimmten die Gefangenen deutsche Lieder an. Die deutschen Soldaten staunten, als sie die ihnen vertrauten Texte hörten. Sie horchten genauer hin. Ja, unverkennbar, es waren deutsche Lieder! Die deutschen Soldaten und die singenden Männer aus Ruma sahen einander an, fielen einander in die Arme. Dann sangen sie gemeinsam, freuten sich gemeinsam und weinten gemeinsam. Sie aßen, tranken und rauchten gemeinsam, alles wurde untereinander aufgeteilt. Jeder erzählte von sich und den Seinen. Rundherum in aller Welt herrschte Krieg, und in diesem Gefangenenlager in Skopje fand ein Augenblick des Glückes, der Freude statt. Ein wunderbares Erlebnis, nachdem beide Seiten so viel durchgemacht hatten.

Die Serben waren geschlagen. Die serbischen Offiziere wurden Richtung Deutschland in ein Arbeitslager geschickt. Die Männer aus Ruma waren wieder frei. Bald drang die Botschaft über die Befreiung der „eigenen Leute" bis Ruma durch. Der Vater fuhr mit Pferden und Wagen los, um seine Söhne zu holen.

Müde kamen sie dann an einem wunderbaren Mainachmittag mit ihrem Gespann auf ihren Hof zurück. Ein kleiner Bub lief dort umher. Der eine Heimkehrer erkannte ihn sofort. Es war das Baby, das er vor einem Jahr noch in den Armen gehalten hatte, sein ältester Sohn Seppi, an seinen dunklen Augen unverkennbar. Nun konnte er schon laufen. Wo war die Zeit geblieben? Was hatte er alles versäumt? Diese Gedanken schwirrten dem glücklichen Vater durch den Kopf, als er sein Kind nach so langer Zeit wieder in seine Arme schließen konnte.

Doch plötzlich erkannte er im Schatten vor den Wirtschaftsgebäuden seine Frau, die aus dem Stall trat. Ihr Auge war verbunden, ein Kopftuch hatte sie bis tief über die Stirn gezogen. Juliane umarmte ihren Mann und weinte vor Freude und Schmerzen. Auch sein Vater und sein Bruder, die die beiden aus einiger Entfernung beobachteten, kämpften mit den Tränen. Sogar der Hahn, der im Hof saß, begann zu krähen, als ob er gemerkt hätte, wer heimgekommen war.

Nach der ersten Begrüßung ging der junge Vater in seiner Verlegenheit, weil er sich seiner Tränen schämte, auf den Kinderwagen zu, der an der Hausmauer in der Sonne stand. Stolz betrachtete er seinen zweiten Sohn Jakob, dessen Gesichtchen durch die Sonnenstrahlen noch freundlicher und heller erschien, als es ohnehin war. Acht Monate war er bereits alt. Nun sah ihn sein Vater zum ersten Mal. „Welch schönes Kind. Was für ein Glück!", dachte und fühlte er bei sich.

Gemeinsam mit den herbeigeeilten Verwandten setzten sich die Eltern zu Tisch. Sie hatten sich über das vergangene Jahr, obwohl es für sie weithin ein verlorenes Jahr gewesen war, viel zu erzählen. Der Heimkehrer war erstaunt, was seine Frau Juliane in seiner Abwesenheit alles geschaffen hatte; trotz zweier Kinder und dieser schweren Verletzung.

Ein gemeinsames Jahr folgte. Man schätzte sich glücklich, zu viert vereint zu sein. Wer hätte sich da über die viele Arbeit, die sie zu erledigen hatten, beschwert? Die Felder mussten bestellt werden, der Hausumbau sollte schnellstmöglich abgeschlossen werden. Die Arbeit am Hof, die Kinder, die Ernte …

Erst im Winter fanden sie Ruhe und wärmten sich am gemütlichen Kachelofen, den sie im neuen Heim aufgestellt hatten. Dann, das erste

Weihnachten im eigenen Haus. Ein Christbaum – in Ruma hieß er „Kranewitterbaum" – wurde an die Wand über dem Tisch gehängt, reichlich geschmückt mit selbst gebastelten goldenen Äpfeln und mit Nüssen.

Kerzen ließen das Zimmer hell leuchten. Draußen herrschte eisige Kälte. Im Wind klapperten die Fensterläden. Die fast wie Zwillinge aussehenden Buben standen mit ihren glänzenden Augen unter dem Baum. Stille Nacht … Dieser Abend entschädigte die Eltern für all die Mühe und Plage der vorangegangenen Monate. An diesem Abend durchzog ein Glücksgefühl den Raum, ein Glücksgefühl, das man in diesem Ausmaß vorher nicht gekannt hatte: Erstmals ein gemeinsames Weihnachten mit den beiden Kindern, erstmals im selbst geschaffenen Haus, gesund und munter, die ganze Familie glücklich vereint!

Doch dann im Frühjahr, kurz nachdem das eigene Heim gerade gemütlich geworden war, musste der Vater wieder einrücken. Dieses Mal wurde er von den Deutschen rekrutiert. Er bekam den Befehl, einem Jägerbataillon beizutreten, dessen Aufgabe der Volksschutz in Ruma war. In der Nacht konnte er nach Hause kommen, tagsüber hatte er einen Teil von Ruma vor eventuellen Eindringlingen zu bewachen.

In dieser Zeit wurde ein serbischer Junge als Knecht aufgenommen, der im Haus Julianes wohnte. Er sollte ihr bei der Bearbeitung der Wiesen und Felder eine Hilfe sein. Aber nicht nur Paul – so hieß der junge Serbe -, nein, die ganze Verwandtschaft half mit, wenn sie die Arbeit rief. Alle hielten zusammen, es war eine Selbstverständlichkeit, dort zuzugreifen, wo Not am Mann war.

Noch im Frühling starb Julianes Vater mit nur siebenundfünfzig Jahren an einer Lungenentzündung, die er sich als Folge eines komplizierten Beinbruches zugezogen hatte. Nachdem er lange Zeit im Lazarett verbracht hatte, verschied er schließlich zu Hause. Juliane hatte nun mit ihren jungen zweiundzwanzig Jahren beide Elternteile verloren. Doch sie hatte eine neue große Familie, und das Leben musste in dieser schlimmen Zeit weitergehen.

Auf den Straßen spürte man den Krieg. Immer wieder Fliegeralarm, das Getöse der Flieger am Himmel, Schüsse, der Geruch von verbrannter Munition erinnerten zu jeder Zeit an die Grausamkeiten draußen. Von Monat zu Monat wurde es schlimmer, denn die aufständischen Serben lauerten überall. Viele Morde an Unschuldigen, Morde vor allem an der deutschen Zivilbevölkerung, wurden zu dieser Zeit in der Stadt verübt. Man konnte den getöteten Menschen weder eine verbotene politische Tätigkeit noch sonst irgendein Verbrechen nachweisen. Sie waren Deutsche, und das genügte, sie wie Freiwild abzuknallen.

Auch das ganz normale Alltagsleben war stark beeinträchtigt. Die Feldarbeit war zum Risiko geworden. Die Familie getraute sich bald nicht mehr, auf ihre Felder hinauszugehen, so dass die notwendigen Arbeiten dort nicht mehr durchgeführt werden konnten.

Trotzdem mussten sie natürlich die Tiere versorgen. So riskierten sie eines Tages eine Fahrt in eine nahegelegene Stadt, um dort Futter zu besorgen. Plötzlich sahen sie die ersten Toten. Niedergemetzelt, völlig nackt und all ihrer Habe beraubt, lagen sie am Wegrand. Juliane musste unter ihnen auch einen ihrer Vettern erkennen. Tief getroffen schüttelte sie den Kopf und wollte nur nach Hause. Heim in ihr Haus. Diese Gemeinheiten, diese hinterlistigen Verbrechen an unschuldigen Leuten konnte sie nicht ertragen. Daher ging es, obwohl sie nur wenig Futter für die Tiere erworben hatten, gleich wieder heimwärts. Es war eine grauenhafte Zeit.

Diese Zustände, dieses Alltagsleben im Krieg, dauerten nun schon unerträglich lange an. Bei Fliegeralarm wusste schon jedes Kind, was zu tun war. Jeder packte sein „Binkerl" mit Essbarem und warmer Kleidung und lief in den Garten. Der Vater hatte dort einen Schutzgraben von ungefähr zwei Mal einem Meter ausgehoben. Oben war das Loch mit einer Art Strohdach zugedeckt. Eine rutschige Stiege führte die Hausbewohner hinunter in diese „Sicherheit". Auf dem lehmigen Boden galt es dann auszuharren. Juliane kauerte mit ihren Angehörigen oft stundenlang unten in diesem Erdloch: Zum Zerreißen angespannte Nerven, abweisende, nasskalte Wände, ständige Bronchitis der Kinder, Juliane selbst wieder schwanger. Oft dachte sie, so geht es nicht mehr lange! Doch immer wieder fand sie die Kraft, weiter zu kämpfen. Es war eine ganz schlimme Zeit: Der Vater war tagsüber beim Jägerbataillon, Juliane saß alleine mit den Kindern und dem Serbenjungen im Erdloch.

Dabei hatte Juliane ständig zu tun, musste ihre Kinder, die die beengte Situation einfach nicht verstehen konnten, halbwegs ruhig halten. Ebenso bedurfte es immer einer enormen Überredungskunst, den Buben, die leider allzu oft notwendige Medizin einzuflößen. Die Kinder stritten auch oft, aber wer konnte es den lustigen Buben verübeln, Aggressionen zu entwickeln, wenn sie nicht herumtollen konnten, wenn sie eingesperrt waren, wenn sie keine Sonnenstrahlen genießen konnten, keine Spielkameraden hatten. Manchmal versuchte Juliane, sich und den Buben mit Liedern die Zeit zu vertreiben, doch diese klangen bei weitem nicht so fröhlich wie früher. Eine fürchterliche Zeit für die inzwischen wieder hochschwangere Frau.

Der Frühling zog wieder in das Land, doch die allgemeine Lage ließ in Ruma keine Frühlingsstimmung aufkommen. Oder doch? Anfang April bemerkte Juliane das Absinken ihres Bauches und wusste, dass es bis zu ihrer Niederkunft nicht mehr lange dauern würde. Das Kind kündigte sich an. Doch sie ging weiter ihrer Arbeit nach, wie sie es immer getan hatte. Da erkrankten ihre beide Söhne. Sie hatten Bauchschmerzen und bald darauf wurden sie von schlimmem Brechdurchfall geplagt. Juliane hatte an diesem 3. April den ganzen Tag zu tun, um ihre Kinder sauber zu bekommen. Mit der Wachrumpel reinigte sie immer wieder die Wäsche, die Bettlaken und Bettdecken. Auch die darauffolgende Nacht wurde nicht leichter. Erbrochenes und Kot musste sie abwechselnd wegputzen. Kreidebleich und geschwächt lagen ihre beiden Buben jammernd in den Betten. Um Mitternacht verspürte Juliane dann ein Ziehen im Rücken und wusste, es konnte nicht mehr lange dauern. Die ersten Wehen hatten eingesetzt.

Kurz darauf heulten wieder einmal die Sirenen und das Licht fiel aus. Juliane spürte, dass es jetzt schnell gehen würde. Sie wusste, dass sie nicht im Schutzkeller gebären konnte. Das wäre wegen der Infektionsgefahr einfach zu gefährlich gewesen. Der Vater ließ die Hebamme holen. in der Zwischenzeit trug er alle Kerzen zusammen, die er in der Wohnung fand, und stellte sie im Schlafzimmer auf. Die Wehen wurden immer heftiger. Juliane klammerte sich an das Bettlaken und wartete in gekrümmter Haltung auf die Hebamme. Die kranken Buben weinten nach ihrer Mutter. Lange konnte es nicht mehr dauern: die Wehen folgten schon in kurzen Abständen aufeinander, Juliane wusste, sie musste bald pressen. Wo blieb nur die Hebamme? Juliane verbiss sich den Schmerz, lag im verschwitzten Laken und lauschte den Flugzeugen, die über den Himmel dröhnten. Schon einmal hatte sie ohne Hebamme entbunden, damals lag ein totes Kind im Bett. Nun aber hielt sie es nicht mehr länger aus, sie presste. Sie musste pressen. Im selben Augenblick, als sich der Kopf des Kindes aus ihrem Leib schob, stand die Hebamme mit einer Kerze an der Türe. Kurz darauf konnte man die kräftige Stimme eines kleinen Mädchens im hintersten Zimmer des Hofes hören. Es war der 4. 4. 1944, vier Uhr früh.

Durch all die widrigen Umstände hatte sich dieses Kind nicht aufhalten lassen. Ein Mädchen, das man Maria nannte, meine spätere Mutter, hatte ohne Komplikationen das Licht der Welt erblickt, ein süßes Kind mit langen dunklen Haaren und großen Augen. Eine kleine Schönheit, wie so mancher Besucher später anmerkte.

Oma Maria wurde geboren. Und für mich, meine lieben Buben, ist durch diese Geburt aus Juliane meine Oma geworden. Das versteht ihr doch?

Erst als am nächsten Tag dann am Gartenzaun vor dem Hof eine weitere Person, Maria, in die dort aufgestellte Tafel eingetragen wurde, erfuhr die Nachbarschaft von Omas Schwangerschaft und Geburt. Niemand hatte vorher etwas geahnt, man war voneinander allzu sehr abgekapselt. Jeder war vor allem mit seiner eigenen „Überlebensstrategie" beschäftigt gewesen. Man hatte viel zu wenig Zeit für die anderen, ohne dass man ihnen feindselig gesinnt gewesen wäre. Der Krieg hatte diese Ferne geschaffen.

Maria war für meine Oma aller Glanz und aller Hoffnungsschimmer, aber auch aller Antriebsmotor in dieser Zeit, für die es anscheinend keine Zukunft gab.

Mit der Geburt der Tochter waren jedoch auch die Sorgen größer geworden, galt es doch nun bei einem Alarm auch das Baby in das Erdloch mitzunehmen. Die Feuchtigkeit war alles andere als eine ideale Bedingung für das Heranwachsen des Säuglings. Doch Maria entwickelte sich zu einem Musterkind. Vom gut wattierten Wickelposter umhüllt, fand sie trotz aller widrigen Umstände auch in der Finsternis des schützenden Grabens immer ihren seelenruhigen Schlaf.

„Leben" konnte man dieses Existieren in Angst und Alpträumen fast nicht mehr nennen. Die Bauern konnten weder ihre Felder oder ihren Weingarten bearbeiten, noch trauten sie sich, ihre Anwesen zu verlassen. Eine trostlose Zeit!

„Für wie lange?"

„Würde man den nächsten Angriff überleben?"

„Wann würde ein Ende zu sehen sein?"

„Wie würde es weitergehen?"

Erschöpft stellten sich die Menschen diese Fragen. Es bedurfte enormer Energie nicht aufzugeben, sich immer wieder zu motivieren. Doch der Überlebenskampf der dreifachen Mutter Juliane ließ nicht nach, sie wusch zwischendurch, backte, kochte, machte Fleisch und Gemüse haltbar und brachte es überdies noch fertig, dass ihre Kinder das Lachen nicht verlernten.

Doch dies sollte für meine Oma und ihre Kinder der letzte Sommer in Ruma sein.

Ihr beiden, lieber Alexander und lieber Andreas, müsst nämlich wissen, dass eine Kette von Ereignissen folgte, die dazu führten,

dass ich, eure Mama, die bin, die ich heute bin,

dass ich Österreicherin bin und meinen Wohnsitz in Wilhering habe,

dass ich keine Frau aus dem ehemaligen Jugoslawien bin,

dass ich kein Flüchtling bin, ohne ein Dach über den Kopf zu haben,

keine Asylsuchende,

kein Mensch, der mit seinen gut dreißig Jahren einen Krieg erleiden musste.

Und das alles deshalb, weil meine Vorfahren deswegen, weil sie Deutsche waren, aus Ruma vertrieben wurden. So seltsam es auch klingen mag: Ich danke heute und an dieser Stelle Gott dafür!

Die Flucht

Der Ortsgruppenleiter von Ruma, ein stattlicher Herr um die vierzig Jahre, war der Nachbar und Onkel meiner Oma. Der gelernte Tischlermeister saß zu dieser Zeit im „Volksgruppenhaus" und war somit der am besten Informierte, was die Kriegsgeschehnisse rundherum betraf.

An einem verregneten Herbsttag des Jahres 1944 kam er keuchend angerannt. Die Schweißperlen standen ihm auf der Stirn, aber nicht, weil er so rasch gelaufen war, nein, es war der Angstschweiß, der sein Gesicht so seltsam glänzen ließ. Er trat unter den grün gestrichenen Türstock der Küche, als meine Oma gerade dabei war, das Fett eines vorher gestochenen Schweines auszulassen. Der Geruch von angebrannter Milch und zergangenem Fett, der die Küche erfüllte, passte zu seinen Worten, die er hastig und laut in den Raum hineinschrie: „Packt alles zusammen, es wird zum Gehen!" Totenstille. Fragende Blicke. Was sollten diese Worte bedeuten?

„Gehen!" ….

„Wohin gehen?"

„Wer soll gehen?"

„Werden wir weggebracht?"

„Alles zusammenpacken!" …..

„Was alles, wie viel soll, kann, darf man zusammenpacken?"

„Wann? … zu welchem Zeitpunkt?"

„Wie lange bleibt noch Zeit?"

„Stimmt das auch alles?"

…. „Kann man diesen Satz ernst nehmen?"

…"Übertreibt der Onkel oder sind diese Worte bitterste Wirklichkeit?" ….

„Was ist nun zu tun?"

„Richtet Euch zusammen, es wird zum Gehen!"

…. „Soll dies ‚Flucht' bedeuten?" …

„Werden wir vertrieben?"

„Werden wir von unserem Hof, aus unserer Stadt, aus unserer Heimat vertrieben?"

Es war Krieg und „Es wird zum Gehen" konnte alles heißen! Meine Oma nahm diese Worte, die den ganzen Rest des Tages in ihren Ohren weiterklangen, sehr ernst.
Während alle anderen noch nachgrübelten, was sie denn zu bedeuten hätten, erkannte sie sofort, was zu tun war. Sie nützte diesen trostlosen Septembertag, lief hinüber in den Stall, musterte ihre Schweine, suchte das größte Tier aus und stach es mit Hilfe meines Opas ab.

So hielt man es während der nächsten Tage in ganz Ruma. Das Blut vieler Schweine wurde vergossen. Der Schweiß der Menschen floss in den nächsten Tagen noch mehr als sonst. Alle mobilisierten ihre letzten Energien und Kräfte, um all das zu erledigen, was ihnen zum Überleben auf einer Flucht aus Ruma notwendig erschein. Alle Teile der getöteten Tiere wurden verarbeitet, aus Fett ließen sie Grammeln aus, aus den Innereien und dem Blut erzeugten sie Blutwüste, aus gewissen Teilen des Fleisches fertigten sie Bratwürste, das andere Fleisch brieten sie.

Meine Oma drückte in den folgenden Nächten kaum noch ein Auge zu. Sie briet, backte und kochte, briet, backte und kochte Tag und Nacht. All das, was in der Küche hergestellt worden war, die Würste, das Gebratenen, das Gekochte, wurde dann in Tröge gelegt, mit Fett übergossen und dadurch haltbar gemacht. Nebenbei stellte meine Oma noch zehn Liter „Einbrenn" und einige Brotsäcke voll Honigkuchen her.

Doch nicht alle Menschen in Ruma glaubten, dass dieser plötzliche Aufbruch notwendig sein würde. Viele wollten die drohende Situation einfach nicht wahrhaben. Sie konnten sich nicht vorstellen, ihr Haus, ihren Hof, ihr ganzes Lebenswerk, dass sie mit viel Fleiß und Mühe erwirtschaftet hatten, verlassen zu müssen. Schließlich wusste niemand genau, was passieren würde.

Nach einigen Tagen klopfte es an der Tür. Meine Oma öffnete und sah in das traurige Gesicht einer Frau. Ein Wagen, in dem noch ein etwa sieben Jahre altes Kind und eine ältere Frau saßen, stand mit zwei Pferden und einer Kuh draußen auf der Straße. Die Fremde sprach Deutsch und erklärte, sie hätte diese Adresse erhalten, um hier Unterschlupf zu finden. Meine Oma konnte sich erinnern, dass die Bewohner von Ruma vom Ortsgruppenleiter angehalten worden waren, Flüchtlinge aufzunehmen. So bat sie die Frau hinein. Nervös zupfte diese an ihrem zerzausten, dunklen Haar und versuchte sich die Schürze vor dem Betreten des Hauses noch glatt zu streifen. Wie ein Häufchen Elend saß sie anschließend auf dem ihr angebotenen Stuhl.

In der Zwischenzeit hatten auch ihr Sohn und ihre alte, gebrechliche Schwiegermutter den Weg in das Haus gefunden. Der Bub mit seinem löchrigen Hemd und seiner viel zu kurzen Hose hielt sich an der Hand seiner Mutter fest. Wenn sie versuchte aufzustehen, klammerte er sich an ihren Rockzipfel. Die Schwiegermutter war kreidebleich und musste beim Gehen gestützt werden. Sie sah schwer krank aus und zitterte am ganzen Leib.

Die Fremden erzählten, dass sie aus ihrem Dorf, das in der Nähe von Essegg lag, von den Serben vertrieben worden waren. Der Grund dafür war, dass sie deutscher Abstammung waren. Ihre Männer waren ermordet worden. Im Zimmer herrschte Totenstille, alle hörten der Frau gespannt zu, die während ihrer Erzählung eine Ruhe und Wärme ausstrahlte, die man ansonsten selten bei einem Menschen findet, der solch bitteres Leid über sich hatte ergehen lassen müssen.

Es war eine traurige Geschichte, die meine Familie da zu hören bekam. Alle hatten Mitleid mit den Flüchtlingen. Meine Oma und die Fremde fanden sehr schnell zueinander, möglicherweise, weil meine Oma ahnte, dass sie ein ähnliches Schicksal wie diese Frau vor sich hatte. Sie wusste es noch nicht genau, aber sie hatte bereits Angst davor, dass sie gezwungen würde, ohne ihren Mann, nur mit ihren Kindern Ruma zu verlassen. Auch wusste sie nicht, wo sie später landen würden, was ihnen die Zukunft bringen würde. Sie hatte Angst davor, das gleiche Schicksal wie die Fremde erleiden zu müssen.

Die nächsten Tage verbrachten alle wieder mit gemeinsamem Kochen und Haltbarmachen von Obst und Gemüse im Haus. Nach kaum einer Woche starb die Schwiegermutter der Flüchtlingsfrau in Omas Haus. Für sie wurde Totenwache gehalten und gebetet. Als auch noch das beste Pferd der Flüchtlinge verendet war, wussten alle, das Haus meiner Großeltern hatte dieser Familie kein Glück gebracht.

Vierzehn Tage nach der ersten Meldung „Es wird zum Gehen!" kam am 6. Oktober 1944 abends noch einmal Omas Nachbar, der Ortsgruppenleiter, gelaufen. „Morgen in der Früh müssen sich die Frauen und Kinder auf der Hauptstraße versammeln. Alle werden gehen. Das deutsche Militär wird alle nach Österreich oder Deutschland mitnehmen." Jetzt wusste man Bescheid. Das war es nun.

Am nächsten Tag waren die Straßen voller Menschen, überall tummelten sich Frauen mit ihren Kindern. Alte und gebrechliche Leute humpelten umher. Die Männer, die sich gerade bei ihren Familien zu Hause befanden, kümmerten sich besorgt um ihre Angehörigen. Gepäckstücke standen umher. Kindergeschrei, Hundegebell, überall ein wirres Durcheinander. Alles nur Mögliche wollten die Leute aus Ruma mitnehmen, doch die Mitnahmemöglichkeiten waren begrenzt.

Offene Lastwagen hielten vor den Häusern, einer nach dem anderen. Die Menschen bepackten sie und suchten sich selbst auf der Ladefläche einen Platz. Die Wagen entfernten sich Richtung Norden. Mein Urgroßvater beobachtete die Situation eine Zeit lang und meinte dann: „So fahrt ihr nicht! Wir werden hier nicht aufladen. Das gefällt mir nicht." Er brachte alle vorbereiteten Gepäckstücke zurück nach Hause. Meine Oma und die Kinder schliefen eine weitere Nacht im eigenem Heim. Sie konnten froh sein, auf meinen Urgroßvater gehört zu haben, denn all jene, die mit den Lastwagen mitgefahren waren, wurden, nachdem sie nach Deutschland gebracht worden waren, in alle Winde zerstreut, wobei ältere Menschen von ihren Familien getrennt wurden, so dass viele Familien nie mehr zusammenfanden.

Am darauffolgenden Tag war es dann aber auch für meine Familie soweit: Der Ortsgruppenleiter verkündete, dass es heute die Möglichkeit gäbe, mit dem Zug wegzufahren. Er habe sechs Waggons, die mit Menschen gefüllt werden könnten. Mein Urgroßvater stimmte dieser Variante zu.

Für meine Großmutter war dieser 7. Oktober 1944, an dem sie Ruma zu verlassen hatte, ein besonderer Tag. Es war nicht nur der letzte Tag in der ich so teuren Heimat, sondern es war auch ihr dreiundzwanzigster Geburtstag.

Dass es ein warmer Herbsttag war, an dem man das Heimatstädtchen zum letzten Mal sah, darauf achtete an diesem Tag niemand. Auch die Wärme, die man an den Menschen in Ruma sonst verspüren konnte, blieb heute völlig verborgen. Es lagen nur Hass, tiefe Verzweiflung und Verbitterung in den Augen der Frauen und Männer. Angst und Sorge waren ihnen in die Gesichter geschrieben. Die bedrohliche Stille war zu spüren. Es wurde kaum gesprochen, allzu viele Dinge gingen ihnen durch die Köpfe, doch keiner wollte darüber reden:

„Was wird mit den Männern geschehen?"

„Wie lange müssen sie zurückbleiben?"

„Kommen sie nach?"

„Oder werden sie getötet?"

„Werden sie woanders hingeschickt?"

„Werden sie gefangengenommen?"

„Was wird aus uns werden?"

Auch all die Wünsche und Hoffnungen, die sie auf diese Fragen aufbauten, traute sich keiner zu formulieren. Ein schwerer Kloß steckte den Menschen im Hals. Jeder versuchte, ihn hinunterzuschlucken. Vergeblich.

An diesem 7. Oktober, als der Wagen meiner Familie am Bahnhof vorfuhr, vollbepackt mit all den Säcken, Trögen und Körben, herrschte ein aufgewühltes, fast planlos erscheinendes Treiben im ganzen Städtchen Ruma. Frauen mit Kindern an der Hand liefen die Straßen und den Bahnsteig entlang. Alle versuchten, einen Platz im Zug zu finden. Die größeren Kinder waren beladen mit Gepäckstücken. Alle wollten so viele Dinge wie nur möglich mitschleppen.

Von den sechs Waggons, die für die Flüchtlinge vorgesehen waren, waren nur einer oder zwei geschlossen. Die restlichen waren offene Viehwaggons.

Mitten in der Menschenmenge stand meine Oma. Sie trug ihre graue „Ausgehtracht" mit einer blauen Schürze. Ein „Talentuch" hatte sie um den Kopf gebunden. So stand sie da, mit unbeweglichem Blick. Eine Zeit lang starrte sie wie abwesend auf das allgemeine Chaos, doch rasch holte sie die Wirklichkeit wieder ein.

Mit Maria, ihrem sechs Monate alten Baby, und einer warmen Weste am Arm, musste sie sich beeilen, den anderen nachzukommen. Ihr Mann und ihr Schwiegervater marschierten mit den Trögen, den Decken und den Utensilien für die Kinder voran. Jakob und Seppi, die vier beziehungsweise fünf Jahre alt waren, sprangen in ihren erst unlängst neu erstandenen braunen Jacken und Hosen mit den dazu passenden Kappen und festen Schuhen hinter ihnen her. Die Kinder konnten mit all dem Hin und Her, vor allem aber mit den vielen ihnen völlig unbekannten Menschen nicht recht was anfangen und redeten nicht viel.

Eine Einteilung, wer welchen Waggon besteigen sollte, gab es nicht. Allzu rasch waren die geschlossenen Waggons überfüllt. Daher suchte mein Opa einen dieser offenen Viehwaggons aus. Als er das Gepäck in den für seine Familie vorgesehenen Bereich stellte, überlegte er, wie er es am besten anstellen könnte, durch ein Abdecken des Waggons seiner Familie wenigstens etwas Schutz vor der Witterung zu bieten. Niemand wusste, wie lange der Zug unterwegs sein würde. Es

konnte zu regnen oder zu schneien beginnen, wie es für diese Jahreszeit vorhersehbar war. Aber wie lange würde noch Zeit bis zur Abfahrt des Zuges sein? Daher musste schnell etwas unternommen werden.
Nachdem sie all ihr Gepäck im Waggon verstaut hatten und während sie noch überlegten, wie man ein Schutzdach herstellen könnte, informierte sie ein Mann, den sie nicht kannten, dass der Zug erst am nächsten Tag abfahren könnte, da für seine Abfertigung noch nicht alle Papiere vorhanden seien.

Welch großes Glück! Mein Opa nutzte die Gelegenheit, holte Sperrplatten vom Holzplatz und baute über die Stelle des Waggons, wo seine Familie sitzen würde, ein provisorisches Dach. Es sollte für sie auf der ungewollten Reise wenigstens einen kleinen Schutz bieten.

Die folgende Nacht mussten die Vertriebenen schon am Bahnhof übernachten. Meine Oma ließ sich jedoch nicht klein kriegen, sondern lief abends zu ihrem Haus zurück, um noch verschiedene Dinge zu holen. Als sie ihr Haus betrat, lief ihr ein Schauer über den Rücken, da ihr erst jetzt so richtig bewusstwurde, dass sie dieses Haus vielleicht zum letzten Mal betrat.

Vor allem aber durch das traurige Gesicht der bei ihr untergebrachten Flüchtlingsfrau, der sie beim Eintreten in die Augen sah, wurde sie zutiefst erschüttert. Sie sah sehr schlecht aus, dunkle Ringe hatten sich um ihre Augen gelegt. In ihrer Verzweiflung hatte sie bereits längere Zeit kaum Essbares zu sich genommen. Doch meine Oma versuchte ein letztes Mal, sie in den wenigen Minuten, die ihr noch blieben, durch Worte und Umarmungen wenigstens ein bisschen aufzumuntern. Sie redete ihr einfach gut zu. Sie sagte zu ihr, dass es immer einen Ausweg gebe, man könne aus jeder Situation auch Positives lernen und gewinne so für das weitere Leben wieder eine neue Erfahrung dazu. Dann sprachen die beiden über den Glauben, die Hoffnung, das Leben. Gestärkt durch Omas Worte und Umarmungen, meinte die Fremde, sie wolle meiner Oma helfen, alles, was sie brauche, noch zum Zug zu schaffen. Aber meine Oma ließ sich nicht helfen. Sie raffte einige Dinge an sich und verschwand, so schnell wie sie gekommen war. Vor allem hatte sie den erst vor kurzem neu erstandenen Kinderwagen geholt, den sie mit dem Wickelpolster, mit anderen Polstern, mit Überzügen und mit den gestickten Handarbeiten, an denen sie besonders hing, füllte. Hastig steuerte sie mit ihm Richtung Bahnhof.

Und in diesem Wickelpolster seid auch ihr schon gelegen und auch ich, eure Mama!

Dort traf sie meinen Opa, der gerade mit dem Dach für den Waggon fertig geworden war. Nun hatten die „Flüchtlinge" der Familie wenigstens einen provisorischen Unterschlupf, falls es während der Bahnfahrt nicht nur Sonnentage geben würde. Auch in den kalten Nächten würden sie ein bisschen geschützter sein.

Es folgte eine unvergessliche Nacht. Kindergeschrei in den verschiedensten Waggons und die völlig ungewohnte Umgebung auf den wenigen Quadratmetern Ladefläche verhinderten jeden ungestörten Schlaf. Als Oma frühmorgens dann ihr kleines Mädchen Maria wimmern hörte, erschrak sie darüber, was sie zu Hause vergessen hatte: es war die Milch! Sie ließ daher die Kinder in der Obhut ihrer Schwiegermutter zurück und lief abermals zu ihrem Hof.

Mein Opa, der die Frauen und Kinder schon am Abend zuvor verlassen musste, hatte denselben Gedanken und kam ihr in der Mitte des Weges mit Milch und dem Fläschchen entgegen. So konnten noch vor der Abfahrt des Zuges alle drei Kinder mit Milch versorgt werden. Die Buben schlürften sie überschnell, Maria genoss ihr ersehntes Fläschchen in der gewohnten Bedächtigkeit. Nach einer letzten innigen Umarmung ihres Gatten und ihres Schwiegervaters nahmen die Frauen mit ihren Kindern den Platz in ihrem „Zugabteil" ein.

Langsam setzte sich der Zug in Bewegung. Alle erschraken, weil sie glaubten, dass die Reise ins Ungewisse begonnen habe. Doch es war nur ein Verschub Manöver gewesen. Ruckartig blieb die Garnitur wieder stehen. Da erblickte meine Oma am Bahnsteig eine Frau, die mit eiligem Schritt dem Zug nachzueilen versuchte. Sie hielt einen Korb am Arm. Es war die Fremde, die meine Oma in ihr Haus aufgenommen hatte. Sie blickte suchend in jeden Waggon, bis sie endlich Omas Familie gefunden hatte. Im Korb brachte sie gekochte Hühner und Kompott mit. Alles hatte sie in der Nacht fertiggestellt. Sie wollte sich auf diesem Weg ein letztes Mal für alles bedanken, was sie von Oma erhalten hatte. Mit Tränen in den Augen nahm Oma diesen letzten Korb entgegen und umarmte die Frau ein letztes Mal herzlich.

Mit den Wünschen „Alles Gute" haben sich die Frauen dann endgültig aus den Augen verloren.

Die Reise ins Ungewisse

Gegen Mittag des 8. Oktobers 1944 verließ der Flüchtlingszug mit seinen sechs Waggons Ruma und fuhr in Richtung Norden. Über hundert Frauen, Kinder und alte Leute sahen mit Tränen erfüllten Augen ein letztes Mal zurück auf ihr kleines, vertrautes Heimatstädtchen, über dem eine ganz besondere Stimmung lag, hervorgerufen durch den sonnigen, wolkenlosen Himmel, die sonderbar ruhigen Straßen, die leeren Felder, die grünen Wiesen. Oder bildeten sich die Menschen das nur ein, weil sie einfach so sehr an ihrer Heimat hingen?

Nun hockten sie alle in einem Waggon, jede Familie in „ihrer Ecke". Meine Oma mit ihrer Schwägerin, ihrer Schwiegermutter, ihren drei Kindern und der erst sechs Monate alten Nichte. – Daneben hatte sich eine Familie Dilmetz, bestehend aus vier Frauen, die nur eine Schüssel mit Löffeln und eine Decke mitgenommen hatten, niedergelassen. – Ebenso gab es im selben Waggon eine Familie Wolf, bestehend aus einer Frau und drei Kindern, die kaum etwas von zu Hause mitgebracht hatte. – Eine weitere Familie, deren Namen mir nicht bekannt ist, bestand aus dem Großvater, seiner Tochter und seiner

Schwiegertochter mit ihren fünf Kindern; sie hatten ihren Winkel im Waggon mit Essbarem angefüllt.

Viel Raum, um sich zu bewegen, hatten die Flüchtlinge nicht. Jeder hockte auf seinem karg bemessenen Platz. Frau Wolf hatte ihr erst sechs Monate altes Baby, welches immer weinte, auf ihrem Schoß. Sie versuchte es zu beruhigen, indem sie es stundenlang schaukelte, doch zumeist waren ihre Bemühungen vergeblich. Zu essen hatte sie für sich und die Kinder von zu Hause nichts mitgenommen, da sie geglaubt hatte, die Soldaten würden sie versorgen. Daher zerbiss sie den Schinken, den sie von den anderen Flüchtlingen geschenkt bekommen hatte und gab die vorgekauten Teile ihrem Säugling, obwohl sie sicher wusste, dass es für das Baby besser gewesen wäre, hätte sie ihm Milch geben können.

Frau Wolfs Söhne saßen mit Omas Buben seitlich im Waggon, wo sie abwechselnd nach draußen blicken konnten. Die vier Buben hatten sich schnell angefreundet. Jakob und Seppi teilten ihre Essensrationen mit den neuen Freunden. Es gab kaum Streit trotz der Enge und der angespannten Situation. Die

Kinder fühlten, wie ihren Müttern zumute war und richteten sich danach.

Eine Zeit lang durchfuhren sie syrmisches Gebiet. Über die ostsyrmische Tiefebene gelangte ihr Zug dann, immer Richtung Norden unterwegs, über die Donau. Vorbei an Hegeschalom sollte es weiter Richtung Österreich gehen. Doch am Weg dorthin lauerten Partisanen. Am Tag versteckte die Begleitmannschaft, die aus deutschen Soldaten bestand, den Zug in Waldabschnitten, um von diesen nicht entdeckt zu werden und um auch vor den häufigen Fliegerangriffen geschützt zu sein. In der Nacht fuhr der Zug Richtung Norden weiter.

Meine Oma war immer aktiv. Am Tag, wenn der Zug stand und die Schwiegermutter auf die Kinder aufpasste, teilte sie sich mit ihrer Schwägerin die anfallenden Aufgaben und Arbeiten: Während die eine für das Herbeischaffen von Wasser und das Waschen und Trocknen der Wäsche und der Windeln zuständig war, kümmerte sich die andere um die Versorgung der Kleinsten. Sie erbettelte Milch, kochte bei den Soldaten Einbrenn, wärmte das Flascherl ... Manchmal versuchten sie auch, an mehr Wasser zu gelangen, um sich selbst ein bisschen zu waschen oder um die Kinder zu baden. Es war immer genug zu tun.

Die deutschen Soldaten waren sehr entgegenkommend. Ihr Anführer ließ manchmal, wenn es möglich war, Milch holen. Er schickte dann Soldaten los, damit sie die Kühe, die sie auf der Weide gesichtet hatten, molken. Außerdem stellte er die zwei vorderen Waggons zur Verfügung, damit sich die Flüchtlinge vor allem nach den kalten Nächten etwas aufwärmen konnten. Die Soldaten selbst sangen, lachten und waren meist gut gelaunt. Vielleicht waren sie einfach glücklich, weil sie genau wussten, dass es ihnen hier bei diesem Flüchtlingstransport bei weitem besserging als ihren Kameraden, die an der Front standen.

Nach zwei unendlich langen Tagen Fahrt ohne besondere Vorfälle hielt der Zug wieder einmal an. Meine Oma hatte ein „Wärterhäusl" gesehen und wusste sofort, diese Situation müsse sie nützen. Ohne lange zu überlegen, nahm sie in der Dämmerung ihre drei Kinder an der Hand und marschierte auf das Häuschen zu. Sie klopfte an und eine Serbin, die ungefähr so alt wie sie selbst sein mochte, öffnete. Meine Oma fragte, ob sie warmes Wasser habe, um ihre Kinder zu baden.

Bereitwillig ließ die Serbin meine Oma gewähren. Mit ihren frisch gebadeten und umgezogenen Kindern kam sie dann zum Zug zurück. Die Soldaten schüttelten ihre Köpfe, als sie erkannten, dass sie den Zug verlassen hatte: „Das ist das schlimmste Partisanengebiet. Hier auszusteigen, kommt einem Selbstmord gleich. Was ihr denn eingefallen sei!" Diese Schelte ging meiner Oma sehr nahe. Mit Herzklopfen setzte sie sich auf ihren Platz und dachte noch lange über ihre, wie sie jetzt überzeugt war, dumme Unvorsichtigkeit nach. Sie grübelte vor sich hin, warum sie, wenn doch überall Feinde lauerten, dennoch heil davongekommen war. Dies ging ihr nicht aus dem Kopf. Wahrscheinlich, so beruhigte sie sich ein bisschen, waren die Serben froh, dass die Deutschen endlich flohen und ließen sie deshalb in Ruhe. Auf alle Fälle war es eine gefährliche Situation gewesen. Das wusste sie jetzt. „Doch ich habe sie ja nur deshalb gewählt, um meine Kinder zu waschen." Allein dieser Gedanke vermochte sie zu beruhigen.

In der darauffolgenden Nacht stieg die Gefahr wieder an. Tiefflieger attackierten das Gebiet, in dem sich der Flüchtlingszug gerade befand. Überall wurde geschossen, naheliegende

Städte wurden bombardiert, das leise Beben des Bodens verspürte jedermann.

Bald danach hielt der Zug abends in der Nähe von Essegg. Oma und ihre Schwägerin wollten die Gelegenheit nützen, um in einem nahegelegenen Bauernhof um Milch zu betteln. Als sie gerade dort angekommen waren, sahen sie, wie ihr Zug, der ungefähr fünfhundert Meter entfernt war, losfuhr. Welcher Schreck! Die Großmutter alleine mit den Kindern im Zug! Völlig hilflos standen die beiden da. Was nun? Sie wussten, der Zug würde bald über die Donau fahren. Wie sollten sie vorher noch zu ihm gelangen? Die Donau war eine unüberschreitbare Grenze! Viel Zeit blieb nicht! Beide begannen zu weinen, doch dann überlegte meine Oma, Weinen nützt gar nichts, es muss gehandelt werden! Sonst ist es zu spät und die Kinder sind für uns verloren!

Meine Oma reagierte rasch. Sie erklärte einem vorbeikommenden Mann ihre Lage. In kurzen, stotternden Sätzen stammelte sie ihre Situation „Der Zug, der Zug! Dort, dort fährt er! Unsere Kinder, unsere Kinder!" Der Mann hörte geduldig zu und verschwand dann wortlos im Haus. „Jetzt läuft der auch noch weg, was macht er nur?", schüttelte Omas Schwägerin fragend den Kopf. „Er will vielleicht

Hilfe holen!", antwortete meine Oma. Die beiden Frauen warteten ungeduldig vor der Türe. Allzu lange erschienen ihnen die wenigen Minuten. Sie stiegen von einem Bein auf das andere. Sie begannen wieder zu weinen. Viel zu viel Zeit verging! Vor Schluchzen konnten sie kaum mehr miteinander reden, alles schien verloren. Der Zug fuhr seine Strecke, es geschah alles auf Anweisung. Er konnte nicht auf die beiden Frauen warten. Alles nur wegen der Milch für ihre Babys! Dafür mussten sie jetzt bezahlen!

Meine Oma wischte sich die Tränen in ihre schmutzige blaue Schürze. Da fuhr der Fremde mit Ross und Wagen vor und rief mit einer schnellen Handbewegung: „Aufsitzen!" Sogleich gehorchten sie dem Mann und stiegen, freilich ohne Milch in der Kanne, auf den Wagen. Der Mann sah den um Hilfe suchenden, fragenden Blick in den Augen der Frauen und sagte: „Ich bringe euch zum Zug, keine Angst!" Nach diesen Worten peitschte er sein Pferd durch die Nacht.

Zitternd, sich gegenseitig an den Händen haltend, saßen die Frauen auf dem Wagen. Jede betete still für sich. „Schneller, schneller", feuerte der Fremde seine Pferde an. Nach einer knappen Stunde Fahrt im wilden Galopp hörten sie den Zug in einiger Entfernung. Kurz darauf fielen Schüsse, denen sie jedoch keine Aufmerksamkeit schenkten. Es galt jetzt nur, den Zug einzuholen. Eine Station vor der Grenze gab es noch. Es war die letzte diesseits der Donau. Schaffen wir es oder schaffen wir es nicht, dachten die drei Menschen. Doch dann stand der Zug vor ihnen, und sie hielten neben ihm an. „Brrr!" „Gott im Himmel, Jesus, Maria. Vergelt's Gott!" Die Frauen ergriffen die Hand des Mannes und ihr Blick allein drückte ihren Dank und ihr unsagbares Glücksgefühl aus. Mehr Worte brachten sie nicht über ihre Lippen.

Vor Freude weinend kletterten sie dann in den Waggon. Die Kinder schrien. Der Schock, der auch den im Zug Zurückgebliebenen in den Gesichtern stand, löste sich nur langsam. Die Kinder hatten alles mitbekommen und die Angst mitgefühlt, den Schrecken ihrer Großmutter, die am Fenster saß und weinend hinausstarrte. Doch dann das große Glück! Im letzten Moment! Eine Station später wäre der Zug bereits auf ungarischem Gebiet gewesen. Dort wären sie mit dem Pferdegespann nie hingekommen. Nie! Die zurückgebliebenen Frauen hätten die Donau nicht einfach überqueren können. Die Donau war die Grenze!

Aber nicht nur den beiden Frauen widerfuhr dieser Schrecken. Auch ein alter Mann wäre bald vergessen und zurückgelassen worden. Es dämmerte, als wieder einmal Fliegeralarm war und die Sirenen aufheulten. Die Menschen wurden aus den Waggons geholt, um sich im angrenzenden Wald zu verstecken. Ein riesengroßer Holzhaufen bot dort den besten Unterschlupf. Meine Oma raffte ihre drei Kinder an sich. Mittlerweile kannten die beiden Älteren ohnehin schon den Ablauf solch eines Alarmes. Sie nahmen daher selbständig ihr Gepäck, dass jeder immer bei sich führte, und sprangen aus dem Waggon. Meine Oma, im Arm die kleine Maria, die sie in Decken gehüllt hatte, stieg die drei Stufen hinunter. Dann huschten sie hinter den Holzstoß, wo sie mehr als eine Stunde blieben, bis Entwarnung gegeben wurde und sie wieder einsteigen konnten.

Meine Oma saß wieder auf ihrem Platz im Waggon und beobachtete durch eine Öffnung an seiner Wand einen Mann, der sich noch immer hinter dem Holzstoß versteckte, während alle anderen schon wieder im Zug saßen. Dann sah sie, wie er noch weiter in den Wald hineinlief. Schwerhörig und etwas verwirrt, was aus seinen Gesten zu erkennen war, hatte er wahrscheinlich nicht mitbekommen, dass alle wieder in den Zug zurückkehren sollten. Er hatte auch nicht gemerkt, dass er ganz allein im Wand zurückgeblieben war. Meine Oma meldete ihre Beobachtung sofort. Die Angehörigen des alten Mannes waren verwundert. Sie hatten noch gar nicht bemerkt, dass ihr Großvater fehlte. Er war einfach noch niemandem abgegangen. Kurz darauf holte man ihn in den Zug. Zurückgelassen wäre er in diesem Gebiet hilflos umgekommen. Dank der Aufmerksamkeit meiner Großmutter wurde er gerettet.

Bald darauf begann es zu regnen. Meine Oma und die Ihren dachten dankbar an Opa, der noch schnell ein Dach über die Ecke des Viehwaggons gezimmert hatte. So gut ging es nämlich nicht vielen. Die meisten kauerten unter notdürftig über ihren Köpfen angebrachten Planen. Sie mussten mit Schirmen und Stöcken diese Planen immer wieder hochheben, um das Wasser ablaufen zu lassen. Die Planen rissen dabei oft durch die Last des Wassers. Dann klatschte der Regen laut auf die ungeschützten Menschen. Die Stunden zum Schlafen waren begrenzt. Die Menschen froren, die Temperaturen erreichten ungefähr zehn Grad, doch durch die

Nässe erschien es ihnen weit kälter. Bald waren auch ihre Decken feucht. Bittere Ungemütlichkeit kroch in die Menschen. Meine Oma kochte auch während der Nacht Tee und gab ihn den Kindern, um sie vor einer Erkältung zu schützen. Eine Krankheit hätte jetzt noch gefehlt!

Neun Tage nach der Abfahrt in Ruma hielt der Zug wieder einmal an. Aus der Helligkeit ringsum konnte man schließen, dass er sich in einer größeren Stadt befinden musste. Wo genau man war, wusste niemand. Auskünfte gab es keine. Die ganze Nacht lang wurden die Waggons, in denen sich die Flüchtlinge aus Ruma befanden hin und her verschoben. Niemand ahnte, wo sie waren, niemand wusste, was mit ihnen geschehen würde. Plötzlich hörten sie eine Sirene heulen: Fliegeralarm. Wie schon so oft! Der Klang der Sirene schmerzte in den Ohren dieser Menschen immer wieder wie ein Stich in ihrer Brust. Rasch befahl man den Zuginsassen, auszusteigen und in einen nahegelegenen Luftschutzbunker zu fliehen. Vorher teilten die Begleitsoldaten noch schnell Brei für die Kinder aus. Jetzt hörten die Flüchtlinge auch, wo sie waren. Der Name Wien fiel.

Mit dem Baby im Arm lief meine Oma im Dunkeln den Bahnsteig entlang, der fliehenden Menschenmenge einfach nach. Ihre beiden Buben immer im Auge behaltend, musste sie selbst zusehen, dass sie auf diesem steinigen Gelände nicht stolperte. Endlich erreichten sie den Eingang eines Bunkers. Durch eine schmale, alte Holztüre schlüpften sie hindurch. Anschließend führte sie der Weg über eine lange Holztreppe in den unterirdischen Schutzkeller. Die Stimmen der bereits anwesenden Bewohner der Stadt verstummten, als sie den Strom der Flüchtlinge ankommen sahen. Man empfing sie mit fragenden Blicken.

Jede Familie suchte sich ein Plätzchen. Wasser tropfte von den Wänden, es war nasskalt und ungemütlich. Es war mitten in der Nacht, die Menschen waren müde, doch in diesem Menschenhaufen fand durch das Jammern der Erwachsenen und das laute Weinen der Kinder kaum jemand Schlaf.

Die Leute dösten nur vor sich hin, bis nach zwei Stunden Entwarnung gegeben wurde und die Leute aus Ruma wieder in ihren Zug und zu ihrem Gepäck zurückkehren konnten. Die gut gemeinte Geste der Soldaten, Brei an die Kinder zu verteilen, zeigte nun seine ersten, freilich unerwünschten Auswirkungen: Die Kinder, die sich in ihrem Hunger hastig riesige Mengen davon in ihre Mäuler gestopft hatten, hatten alle Brechdurchfall bekommen. Dafür war, so war man überzeugt, die im Brei enthaltene Trockenmilch verantwortlich, die den Jüngsten nicht bekam. Omas Söhne hatten den Brei verweigert und waren nun froh darüber. Doch in ihrem Waggon hatte es die Söhne von Frau Wolf und zwei weitere Kinder ziemlich arg erwischt. Den Rest der Nacht waren alle Frauen damit beschäftigt, die Kinder zu säubern, sie und ihre Kleidung zu waschen, den Kot und das Erbrochene zu entfernen … Jeder half mit.

Endlich hatten sich die Anführer des Flüchtlingszuges entschieden, wo es mit den Menschen hingehen sollte. Das lange Hin- und Her Verschieben hatte ein Ende. Die Zugfahrt wurde fortgeführt, es ging Richtung Westen.

Der Fluchtweg

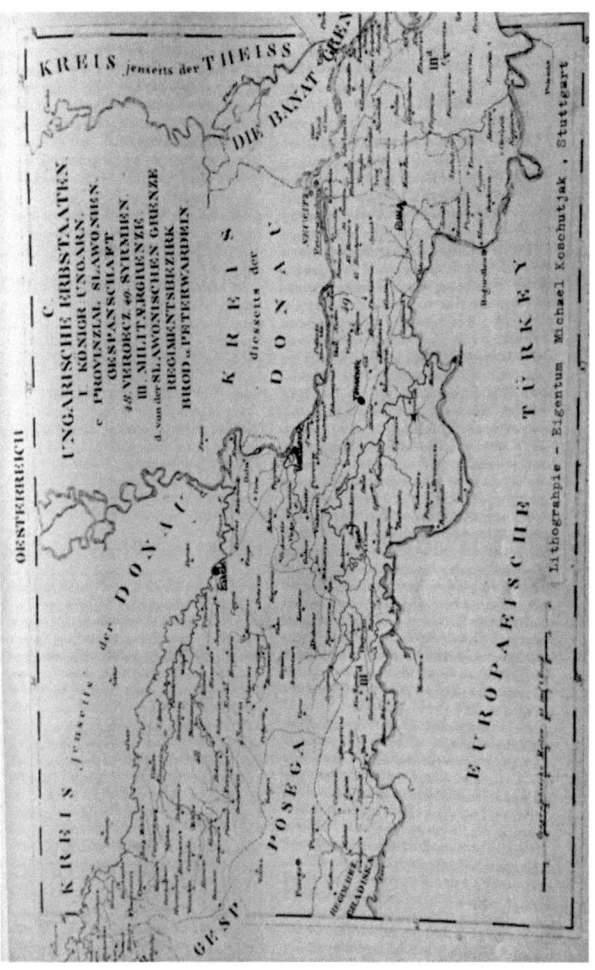

Quelle: Wilhelm, F., Rumaer Dokumentation 1745 – 1945, Band I S. 91

Die neue Heimat

Spät in der Nacht hielt der Zug plötzlich auf einem kleinen Bahnhof an. Er sollte für die Menschen aus Ruma die Endstation ihrer langen Fahrt sein. Alle mussten aussteigen und ihr Gepäck gleich mitnehmen. Man sah sich verwundert an. Ohne jede Vorankündigung kam es für sie allzu plötzlich zu diesem Aufbruch. Jeder raffte also sein Hab und gut an sich. Ein furchtbares Durcheinander entstand. Endlich standen alle vor den Waggons. Ein etwas älterer, grauhaariger Mann trat vor und begrüßte die Flüchtlingsmenge. Seine Worte waren herzlich und von großem Einfühlungsvermögen. Doch die Angekommenen konnten in diesem Augenblick die Zuversicht dieses Mannes nicht teilen. Sie sahen sich um, voll Zweifel und Angst blickten sie auf ihre „Endstation". Es war in diesem Moment einfach alles zu viel für sie, die Strapazen, die Übermüdung!

So endete die Fahrt der Menschen aus Ruma in dem kleinen Dorf namens Waldhausen, dass sich im heutigen Niederösterreich befindet. Nach zehn Tagen Zugfahrt erreichten sie es am 17. Oktober 1944.

Die traurige Gewissheit kein echtes Zuhause mehr zu haben, hatte sie längst überkommen. Was wird geschehen? Sie waren skeptisch. Wollten diese „Fremden" wirklich helfen? Was sind das für Leute? Nur die Kinder tobten wie wild umher, da sie endlich nicht mehr ruhig im Zug sitzen mussten.

Ein Herr von stattlichem Aussehen fragte nach einer vierköpfigen Familie. Meine Oma, die dachte, die Verteilung der Flüchtlinge auf die verschiedenen neuen Wohnplätze hätte damit begonnen, hob sofort ihre Hand. Sie wollte so schnell wie möglich ein ordentliches Zimmer für sich und ihre Kinder haben. Doch was sie nicht bedacht hatte, trat ein. Sie wurde von ihrer Schwiegermutter, ihrer Schwägerin und ihrer Nichte getrennt. Sie hatte gehofft, alle würden der Reihe nach aufgerufen werden. Doch alle Übrigen mussten am Bahnhof zurückbleiben. Nur sie selbst und die drei Kinder nicht. Der Mann, der sich als Bürgermeister von Niedernondorf, einer kleineren Ortschaft in diesem Gebiet, vorstellte, lud ihr Gepäck in seinen Wagen. Verängstigt und auch verärgert, weil ihre Verwandten nicht mitkommen konnten, saß Oma auf dem Pferdegespann, links ein Kind, rechts ein Kind und das Baby, das sie in eine Decke gehüllt hatte, auf ihrem Schoß. Es war inzwischen ein Uhr nachts geworden. Die Kinder fröstelten, eine eiskalte Mondnacht begrüßte die vier Menschen in ihrer „neuen Heimat". Von Hunger geplagt und nach ihrer Oma verlangend, begannen die Kinder zu weinen. Der Wagen, auf dem sie sich zusammen gekauert hatten, holperte durch das hügelige Gelände, zuerst lange Zeit durch einen schier endlos scheinenden Wald, in dem man ab und zu einen Baum knarren hörte. Anschließend ging es auf einer einsamen Schotterstraße dahin, gespenstisch vom Mond begleitet, der nur die Umrisse der Umgebung andeutete. Die Kinder weinten nun nicht mehr leise vor sich hin, sie schrien ihre Angst und Not lauthals in die Nacht hinaus. So auch das Baby, Maria. Selbst meine Oma konnte ihre Tränen nicht mehr zurückhalten. Es war die Trennung, die Angst, die Ungewissheit, wohin sie gebracht würden. Alle auf dem Wagen zitterten am ganzen Leib. Meine Oma wusste, sie musste mit allen Mitteln versuchen, ihren Fehler, den sie auf dem Bahnhof durch ihr überschnelles Aufzeigen begangen hatte, wieder ungeschehen machen. Die Familie musste wieder vereint werden, nur so würden sie weiterleben können!

Doch wie sollte sie das anstellen? Vielleicht war es schon zu spät?

Nach rund einer Stunde Fahrt hielt der Bürgermeister, der sie gefahren hatte, das Pferd an. In der Finsternis erkannte meine Oma die Umrisse eines kleinen, ziemlich heruntergekommenen Bauernhofes. Kein erfreulicher Anblick! Der Bürgermeister wollte dem kleinen Jakob vom Wagen herunterhelfen. Dieser wandte jedoch seinen Blick heulend zur Seite. Nur seine Mutter konnte ihn halbwegs trösten. Sie dufte ihm auch helfen. Der Bürgermeister nahm sich ihres Gepäckes an und ging Richtung Haustüre. Meine Oma folgte ihm notgedrungen mit ihren Kindern. Zwei alte, armselig gekleidete Leute öffneten. Der Bürgermeister stellte meine Familie den beiden vor. Die Kinder fürchteten sich sehr. Dass die Buben dann auch nur widerwillig das Häuschen betraten, war sicherlich kein Wunder: Die Finsternis, rundherum Wälder, der heruntergekommene Hof mit einem Misthaufen davor und schließlich diese zwei alten, für die Kinder furchterregend aussehenden Leute, die zittrig an der Tür standen. Erinnerungen an Märchen von Hexen und bösen Menschen mag all das in ihnen wachgerufen haben.

Doch wider alles Erwarten waren die beiden Alten sehr freundlich. Sie nahmen sich sofort um das Leid der vier Ankömmlinge an und sorgten sich vor allem um die Kinder. Die Frau zeigte meiner Oma das schon vorbereitete Zimmer. Es war ein kleiner Raum, nicht besonders schön und auch nicht besonders sauber, aber wenigstens wieder ein festes Dach über dem Kopf! Wie lange hatten die Flüchtlinge dieses Gefühl der Geborgenheit nicht mehr verspürt!

Oma legte zuerst die drei Kinder in das Bett. Die Strapazen und die Aufregungen waren zu groß gewesen, um noch wach zu bleiben. Nach ein paar beruhigenden Worten schliefen die Kinder vor Erschöpfung ein.

In der Zwischenzeit hatte sich der Bürgermeister verabschiedet. Meine Oma setzte sich noch zu den beiden Alten in die Stube und erzählte ihnen von der Flucht und von der Trennung ihrer Familie. Mit viel Einfühlungsvermögen versuchten die beiden sie zu trösten. Sie versprachen, sofort am nächsten Morgen dem Bürgermeister von ihren Sorgen um die anderen Familienmitglieder, die sie am Bahnhof zurückgelassen hatte, zu berichten.

Nachdem auch meine Oma endlich schlafen gegangen war, wachte sie immer wieder auf und lag schweißgebadet im Bett. Sie träumte davon, keine Milch mehr für Marias Flascherl vorzufinden. Sie träumte, dass der Zug mit ihren Kindern davon fuhr ohne Mutter, Großmutter und Schwägerin. Mutterseelen allein befand sie sich in Österreich ...

Am nächsten Morgen durfte meine Oma ihre Kinder baden. Langsam begann sie, an der neuen Situation Gefallen zu finden. Doch alles war überschattet von dem dringenden Wunsch, mit ihren Verwandten zusammenzutreffen.

Meine Oma zog ihren Kindern saubere Wäsche an. Die beiden Leute, die ihr dabei zusahen, staunten, denn alles, was sie hervorholte, war handgemacht, die Kleider, die Hosen und die Hemden, die man so in Österreich nicht kannte.

Frisch gebadet und endlich befreit von der blauen Schürze, die nach all den Tagen im Zug vor Schutz stand, wartete Oma dann auf den Bürgermeister. Als er endlich kam, erklärte sie ihm die Situation. Er rief daraufhin sofort am Waldhausener Bahnhof an, wo sich tatsächlich noch der Rest der Familie befand. Er befahl, die Schwiegermutter und die Schwägerin nicht anderswohin zu bringen, sondern meiner Oma und ihrer Verwandtschaft in der Schule von Niedernondorf Räume zur Verfügung zu stellen. Somit waren sie wieder glücklich vereint.

Ein Teil dieser Schule hatte leer gestanden und war für die Einquartierung von Flüchtlingen vorbreitet. Meiner Familie wurden ein Zimmer und ein zweiter Raum, den man zur Küche umfunktionierte, zugewiesen. Ein alter, kleiner Sparherd, dessen Farbe nicht mehr erkennbar war, diente als Koch- und Versorgungsmöglichkeit und als Wärmespender. Kartoffeln, das österreichische Hauptnahrungsmittel dieser Zeit und Holz, so viel sie wollten, wurden ihnen zur Verfügung gestellt. Den ganzen Tag war meine Oma damit beschäftigt, Holz zu machen. Es musste vom Wald geholt, zerkleinert und aufgeschichtet werden. Am Abend konnten sich die Flüchtlinge dann vor dem kleinen, Wärme spendenden Ofen zurücklehnen und ihre Erinnerungen an die alte Heimat austauschen.

Jeder Tag wurde vom Besuch eines Pfarrers bereichert, der sich um die Flüchtlinge besonders annahm. Er hatte für sie immer ein paar tröstende Worte bereit, beantwortete ihre Fragen, hatte immer ein offenes Ohr für ihre kleinen und großen Anliegen. Er erkannte in Oma und deren Familie fleißige, freundliche und vor allem ehrliche Menschen, die er sehr schnell in sein Herz schloss. Er wollte sie überreden, in dieser Gemeinde sesshaft zu werden, als er hörte, dass die Männer mit Wagen und Pferden nachkommen würden. Auch der Bürgermeister unterstützte diesen Verschlag. Er bat die Frauen, auf dem Feld mitzuarbeiten, Rüben zu putzen und zu sortieren, um sich so nützlich zu machen.

Die Frauenschaftsführerin dieser Ortschaft stellte ihnen ihre Waschküche zur Verfügung. Die Wirtin kochte für sie Gulasch mit Semmelknödeln, das erste österreichische Mahl, das sie genießen konnten. Es schmeckte vorzüglich.

Bald wurden die Flüchtlinge von den Menschen des Ortes anerkannt und in ihrer neuen Heimat herzlich aufgenommen. Der erste Eindruck, den sie von Österreich gewannen, war demzufolge sehr gut. Die Hilfsbereitschaft der Österreicher erschien ihnen grenzenlos. Alle saßen ja in einem Boot. Es war Krieg. Die österreichischen Männer waren größtenteils eingerückt. Sie fehlten natürlich an allen Ecken und Enden. Die Flüchtlinge konnten sie zwar nicht ersetzen, vermochten es aber doch, so manche Lücke, die bei der Arbeit offenstand, durch ihre Anwesenheit zu füllen.

Die Leute aus Ruma und die Österreicher halfen sich gegenseitig und lernten viel voneinander. Rasch erkannten sie, dass ihr Denken, ihre Mentalität ähnlich waren. Das alles war wahrscheinlich der Grund, warum meine Familie mit den Menschen in ihrer neuen Heimat so rasch so gut auskam.
Von vielen freundlichen Menschen umgeben, ein festes Dach über dem Kopf, alles gesund. Man konnte zufrieden sein. Oder doch nicht?
Die Gedanken hingen oft bei den Männern.

„Was werden sie gerade tun?"

„Sind sie schon auf dem Weg nach Österreich oder nach Deutschland?"

„Sind sie noch zu Hause?"

„Leben sie überhaupt noch?"

Niemand wusste etwas von ihnen! Diese Ungewissheit war beinahe unerträglich!

Die Flucht der Männer

Quelle: Wilhelm, F., Rumaer Dokumentation 1745-1945, Band II S. 372

Zehn Tage, nachdem der Zug mit den Frauen und Kindern abgefahren war, gerade zu dem Zeitpunkt, als diese ihr Ziel im Waldviertel erreicht hatten, bekamen am 17. Oktober auch die zurück gebliebenen Männer den Befehl, zusammenzupacken und mit ihren Rössern und Wagen Richtung Norden zu fahren. Die Männer versammelten sich auf der Hauptstraße, wo sie in drei Gruppen aufgeteilt wurden, die nacheinander in Tagesabständen abfahren sollten. Man wollte möglichst viele Überlebende aus diesem gefährdeten „Kessel" herausbringen. Jede Gruppe bestand aus mindestens zwanzig Wagen. Mein Opa und sein Vater hatten je einen eigenen Wagen mit je zwei Prachtpferden zur Verfügung. Diese Wagen, die gleich für den ersten Treck vorgesehen waren, beluden sie bis obenhin mit all ihrem Hab und Gut.

In den letzten Tagen waren die Angriffe auf Ruma immer heftiger geworden. Auch die Zivilbevölkerung war nicht verschont geblieben. Die letzten Frauen und Kinder, die erst Mitte Oktober am Bahnhof ihr Gepäck verladen hatten, waren immer öfter Zielscheibe der Angriffe geworden. Doch erst als die letzten Frauen, Kinder und Alten aus Ruma abtransportiert waren, durften die Männer an ihre Flucht denken. Mein Opa war froh, gleich unter den Ersten zu sein, um endlich diesem Kugelhagel auf Ruma zu entkommen.

Es war herrliches Wetter, als auch die Männer bei Hegeschalom über die Donau nach Ungarn ritten. Gleich nach der Grenze blieb der Treck stehen. Die mit den besten Pferden sollten zurückreiten, um weitere Landsleute über die Grenze zu holen. So wurden neben anderen Flüchtlingen mein Opa und sein Vater losgeschickt. Das eigene Gepäck mussten sie zurücklassen, um das Gepäck der Deutschen aufladen zu können, die noch keine

Möglichkeit zur Flucht gefunden hatten, weil sie einfach keine Wagen besaßen. Mehrmals ritten sie hin und zurück. Doch als sie nach einigen Stunden abermals vom Obersten aus Ruma die Anweisung für einen neuen Evakuierungsritt erhielten, waren sie mit diesem weiteren Einsatz nicht mehr einverstanden. Diese Ritte waren immer gefährlicher geworden und wenn ihnen etwas passierte, wären beide Männer für ihre Familie verloren gewesen. Sie fragten daher, ob es nicht genüge, wenn einer von ihnen die restlichen Leute hole, der zweite aber bei den anderen und dem eigenen Gepäck warte. Doch der Befehlshaber meinte nur, sie hätten einfach die besten Noriker Pferde, sie müssten die noch zurückgebliebenen Leute holen. Widerstrebend gehorchten mein Opa und sein Vater. Doch nach zwei weiteren Ritten verweigerten beide jeden weiteren Befehl.

Zwei Freunde hatten in dieser Zeit das Gepäck meines Opas bewacht; unter anderem waren auch zwei vollgefüllte Schnapsfässer dabei. Mein Opa wollte den Schnaps in Notlagen verkaufen oder bei Bedarf gegen notwendige Dinge eintauschen. Von diesen Fässern wussten einige andere Flüchtlinge und verlangten immer wieder, vom Schnaps zu trinken. Die beiden Freunde verstanden es nicht, sich dagegen zu wehren und als mein Opa sein Gepäck wieder übernehmen wollte, waren die Fässer ausgetrunken. Verärgert und enttäuscht über diese „Freunde", trat mein Opa mit seinem Treck die Reise weiter Donau aufwärts an.

Tage ohne nennenswerte Vorfälle vergingen. Erst in Enns hielt der Flüchtlingstreck für längere Zeit an. Es regnete. Die Männer spannten die Rosse aus und zogen in der Gegend umher, um nach einem Gehöft zu suchen, wo sie erfolgreich um Futter für die Tiere bettelten. Sie hatten zwar Hafer und Heu auch noch von Zuhause mit, doch da sie nicht wussten, durch welche Gegend noch gefahren werden sollte, sparten sie mit dem eigenen Tierfutter, so gut es ging. Schon in Ungarn waren die Leute sehr hilfsbereit gewesen und hatten ihnen und den Tieren Nahrung gegeben. So nun auch hier in Österreich. Für sich selbst hatten sie genug zu essen. Mein Opa und sein Vater hatten vor ihrem Aufbruch noch zu Hause je ein Schwein geschlachtet und führten das Fleisch in dreißig Liter großen Fetttöpfen in ihren Wagen mit.

Ihre weitere Flucht prägte die Angst, die sie in ihrer Situation, die immer zwischen Leben und

Tod pendelte, verspürten. Ständiger Fliegeralarm begleitete sie. In der Stadt Linz hielten sie abermals für längere Zeit, obwohl die Gefahren, die von den Fliegerangriffen ausgingen, hier am ärgsten waren. Dann mussten sie weiter, weiter auf das Land, denn sie hörten, dort würden sie bei Bauern untergebracht werden. Immer öfter stellten sie sich die Frage, wann sie am Ziel sein würden, wie lange sie noch fahren müssten.

„Werden wir es schaffen?"

„Werden wir jemals unsere Kinder, unsere Frauen wiedersehen?"

Die Strecke von Linz in Richtung Eferdinger Becken schien ihnen endlos. Kaum dem einen Kugelhagel entronnen, kam schon der nächste. Immer wieder krachte es über diesem Gebiet. Pausenlos waren Flugzeuge zu hören. Es donnerte und dröhnte nur so am Himmel. Ein ständiges Versteckspiel im Kürnbergerwald. Dieser Wald rettete meinen Verwandten das Leben. Er bot ihnen Schutz und Deckung auf dieser so gefährlichen Etappe ihrer Flucht.

Gott sei Dank war das Wetter meist angenehm warm. Wunderbare Herbsttage hätten die

Flüchtlinge genießen können, hätte es den Krieg nicht gegeben. Sie ritten durch eine der fruchtbarsten Gegenden Österreichs, doch das wurde in ihrer Lage keinem bewusst. Die Männer hatten nur eines vor Augen: Ein Gehöft zu finden, aufgenommen zu werden, abzuladen und sich in ein ordentliches Bett zu legen. Ausruhen …

In Alkoven hielt der Treck aus Ruma an. Da sich die meisten Männer aus dieser Gegend im Krieg befanden, die Höfe aber weiter bewirtschaftet werden mussten, war die ältere Generation mit den Enkelkindern oder ein Verwalter für die Arbeit in der Landwirtschaft eingesetzt. Diese Bauern benötigten dringend Hilfe bei ihrer Arbeit, und Flüchtlinge waren billige Arbeitskräfte. Lohn brauchte es keinen zu geben, dürftige Wohnmöglichkeiten waren schnell hergestellt. Die Einheimischen wussten, Flüchtlinge waren meist fleißige Arbeiter und froh, nach den langen Strapazen, die ihnen ihre Flucht gebracht hatte, wieder ein Dach über ihren Köpfen zu finden. Sie erhielten ihre täglichen Essensrationen und waren dafür dankbar. So sollten auch die Leute aus Ruma auf verschiedenen Höfen im Eferdinger Becken zu verschiedensten Tätigkeiten in der Landwirtschaft herangezogen werden.

Der Ortsgruppenleiter des Dorfes mit Namen Alkoven brachte die Flüchtlinge bei Bauern unter, wo sie zwei Nächte bis zur genaueren Aufteilung verbringen sollten. Nach diesen zwei Tagen wurde meine Familie einem Bauern namens Jungmeier zugeteilt. Er war der Besitzer des Wasmayrgutes in Puchham. Neben diesem Hof hatte dieser Bauer noch den benachbarten Winklerhof in Pacht. In einem Nebengebäude dieses Winklerhofes, dessen Besitzer sich im Krieg befand, wurden mein Opa und sein Vater untergebracht. Dieses Nebengebäude war ein ehemaliger Hühnerstall. Den neuen Bewohnern bot sich ein schrecklicher Anblick: Überall, wo man nur hinsah, klebte Hühnerdreck. Die Fensterscheiben waren zerschlagen. Um in diesen Stall einziehen zu können, war vorher viel zu erledigen, das wussten sie alle. Keine Minute sollte versäumt werden. Doch man musste, ob man wollte oder nicht, diese „Herberge" zuerst einmal nehmen, wie sie war. Erst dann konnte man sie einigermaßen bewohnbar gestalten.

Ein besonderes Glück bedeutete für die Flüchtlinge, dass sich die Stallungen der Pferde gleich neben diesem Hühnerstall befanden und sie dadurch in der Nähe des wertvollsten Besitzes waren, den sie noch hatten. In der damaligen Zeit brachte der Besitz eines Pferdes viel für das Ansehen seines Besitzers.

Der Winklerhof selbst sah heruntergekommen aus, sowohl innen als auch außen war lange nichts mehr hergerichtet worden. Die Fassade hätte dringend einen Anstrich nötig gehabt, genauso die Fensterläden. Doch man wollte wahrscheinlich auf die Rückkehr des Besitzers warten. Auch die Stallungen bedurften einer inneren Generalsanierung. Der Gestank war ekelerregend, wenn man an ihnen auch nur draußen vorbeiging. Ihre Reinigung war aber nicht die vordringlichste Aufgabe, vorerst musste man das eigene Quartier, den ehemaligen Hühnerstall, bewohnbar machen. Vom eigenen Bauernhof in Ruma verwöhnt, da ja Sauberkeit eine der obersten Tugenden der Menschen von Ruma war, musste man nun darangehen, den Hühnerdreck, der sich schon überall eingefressen hatte, zu beseitigen. So wurde wie wild geschrubbt. Gleichzeitig wurden die zersprungenen Fensterscheiben provisorisch repariert, denn der Winter kündigte sich schon an. Der Geruch frischen Schnees lag in der Luft, es war nur noch eine Frage von Tagen, bis es schneien sollte. Tag und Nacht arbeiteten die Männer, um sich ein halbwegs erträgliches Leben zu ermöglichen.

In diesem kleinen Dorf, in Puchham bei Eferding, war für meinen Opa vorerst Endstation seiner Flucht aus Ruma.

Das Zusammentreffen

Mein Opa und sein Vater erkundigten sich in der folgenden Zeit immer wieder bei neu angekommenen Flüchtlingen aus ihrer Gegend, ob jemand wisse, was mit den Frauen und Kindern geschehen war, die Anfang Oktober aus Ruma gekommen waren, wohin man sie gebracht hätte. Einige Leute, die mit Opas Treck gekommen waren, hatten bereits ihre Familien gefunden. Weil Opa hörte, dass viele Flüchtlinge nach Grieskirchen gekommen waren, radelte er dorthin, um Informationen einzuholen. Er traf zwar nicht seine Verwandten, auch niemanden von Omas Zugtransport, doch er erfuhr, dass seine Familie wahrscheinlich Richtung Waldviertel gebracht worden war und dort zu finden wäre. Mit einem Schimmer von Hoffnung radelte er nach Puchham zurück. Dort schrieb er eine Postkarte. Diese schickte er in das Waldviertel und hoffte, dass sie, obwohl er keine genauere Adresse hatte, so bald wie möglich an die Richtigen gelangen würde. Diese Postkarte durchlief tatsächlich mehrere Postämter von Waldviertler Dörfern und gelangte endlich an ihr Ziel.

Eines Tages, es war Ende November, übergab der Briefträger von Niedernondorf der

Schwiegermutter meiner Oma eine Postkarte. Insgeheim hoffend, es sei eine Nachricht ihrer verschollenen Lieben, aber doch recht skeptisch, nahm sie das Stück Papier entgegen. Wer sonst schon sollte schreiben? Es gab ja nur wenige, die sie kannten und die dafür in Frage kamen. Nachdem sie rasch die wenigen Worte gelesen hatte, lief sie mit freudestrahlendem Gesicht in die Küche. „Hört mal her!" – Alle hörten gespannt zu, als ihnen Oma den kurzen Text auf der Karte vorlas: "Wir sind in Österreich, in Oberösterreich, in der Nähe von Eferding, in Puchham, bei einem Bauern. Wir können nicht weg, die Zuckerrübenernte ist in vollem Gang. Waggoniert euch ein und kommt! Dati!"

- Dati -. Mit Herzklopfen schauten sich die Frauen an. Vater lebte! Hurra, Dati lebte! Er war mit den anderen also auch nach Österreich gekommen. Sie alle waren wohlauf, sie hatten Arbeit!

Natürlich wollten die beiden Frauen, so schnell es nur ging, hier im Waldviertel ihre Zelte abbrechen. Dankend lehnten sie alle Angebote, die sie hatten, ab – es waren sogar Grundstücke dabei, die man ihnen schenken wollte, wenn sie blieben. In ihren Gedanken waren sie schon ganz und gar in

Oberösterreich. Vom Bürgermeister ließen sie sich auf der Landkarte den Ort Eferding zeigen. Dann ging es schnell wieder ans Packen.

Am nächsten Tag brachen die Frauen mit den Kindern schon um sechs Uhr früh auf. Puchham bei Eferding sollte ihr Ziel sein. Der Bürgermeister von Niedernondorf kutschierte meine Familie abermals. Er brachte sie zum Bahnhof nach Zwettl. Es war der 1. Dezember, ein bitterkalter Wintermorgen. Es schneite leicht, und der Schnee begann zum ersten Mal in diesem Winter liegen zu bleiben. Keinen Hund sah man bei dieser Kälte im Freien, doch meine Familie wurde von den Gedanken an ihren Opa, ihren Mann, ihren Dati in die Kälte getrieben. Fast einen ganzen Tag lang dauerte ihre Fahrt zum Bahnhof. Die zwei Schwägerinnen legten beide Babys zusammen in den Kinderwagen. In der frischen Luft fiel es ihnen nicht schwer, gleich wieder einzuschlafen. Die wichtigsten Dinge hatten sie im Handgepäck: einen Kochtopf, Milch und eine Kerze, um die Milch, die Nahrung für die Kleinsten, jederzeit erwärmen zu können.

In Zwettl angekommen, suchten die Frauen gemeinsam mit dem Bürgermeister einen Waggon. Jakob und Seppi, die älteren, trabten schläfrig neben ihnen her. Sie waren müde, denn auf dem Wagen hatten sie nicht schlafen können, und der Tag war für sie schon sehr lange. Das Gepäck hatten sich die drei Frauen zum Tragen aufgeteilt. Dann nahmen sie in einem Viehwaggon, der an den Personenzug angehängt war, Platz. Diesmal war es sogar ein geschlossener Waggon.

Bei dichtem Schneefall verabschiedeten sich die Frauen vom Bürgermeister, bedankten sich für seine Hilfsbereitschaft und verließen diese Gegend. „Viel Glück und alles Gute", wünschte er ihnen noch. Nachdenklich über diese von Herzen kommenden Worte stand meine Oma da, sah zum Himmel hinauf und dachte bei sich: „Mein Gott, Glück – in Zukunft können wir es brauchen!" Als sie das Weinen der Kinder hörte, wurde sie von der rauen Wirklichkeit wieder eingeholt.

Alle litten unter der Kälte und unter ihrer Müdigkeit. Doch mit der Erklärung, dass sie bald ihren Dati und Opa sehen würden, wurden die Kinder getröstet. Bald schliefen sie ein. Die ganze Nacht fuhr der Zug Richtung Wien. Sie verbrachten auch den ganzen folgenden Tag über im Viehwaggon, der immer wieder verschoben wurde. In der darauffolgenden Nacht setzte sich der Zug dann Richtung Linz in Bewegung.

Auch auf dieser Strecke blieb der Zug immer wieder stehen. Seine Waggons wurden abermals hin und her verschoben. Als der Zug nach langer Fahrt wieder einmal anhielt, stieg Oma aus, um zu fragen, was denn los wäre. Niemand gab ihr eine Auskunft. Verzweifelt setzte sie sich wieder in den Waggon. Doch nach dem stundenlangen Hocken in diesem Viehabteil konnte sie ihre Lage fast nicht mehr ertragen. Die Kinder waren unruhig. Sie hatten keine richtige Schlafstatt. Die Müdigkeit stellte sich auch bei meiner Oma ein, ihre Nerven waren am Ende. Sie wollte einfach nicht mehr. Es musste etwas geschehen. So schnappte sie ihre Kinder und verließ noch einmal den Zug. Zuerst galt es zu eruieren, wo man sich befand, welcher Bahnhof dies wäre. Sie ging daher auf ein Licht zu, welches durch die Nebelschwaden leuchtete. Einige Meter mussten es noch sein, dann waren sie am Ziel, wo sie hoffentlich Auskunft erhalten würden. Der Mond schien ab und zu sonderbar hell vom Himmel, wenn nicht gerade Nebelschwaden sein Licht verdunkelten. Tatsächlich gelangte Oma schließlich zu einem Wärterhäuschen und klopfte an die Tür.

Ein kleiner, älterer Mann öffnete und empfing die Frau und ihre Kinder freundlich. Es sah in erschöpfte Gesichter und fragte, was denn los wäre, woher sie kämen. Mit den Nerven ziemlich am Ende und mit den Tränen kämpfend, antwortete meine Großmutter: „Wir kommen aus Ruma, wir sind Flüchtlinge, aber wissen nicht, wo wir uns nun befinden. Wir wollen nach Puchham in der Nähe eines Ortes namens Eferding und wissen nicht, wie wir dorthin kommen können."

Der Mann erklärte ihnen, dass sie in Linz wären, und dass sie hier auf alle Fälle den Zug verlassen müssten. Denn in Richtung Puchham hätten sie die Eferdinger Lokalbahn zu benützen. Erleichtert durch diese Worte, huschte nach lange Zeit wieder zum ersten Mal ein leises Lächeln der Hoffnung über die Lippen meiner Oma. Rasch holte sie die anderen Frauen und das Gepäck aus dem Waggon. Der freundliche Eisenbahner zeigte ihnen anschließend noch den Weg zur Straßenbahnstation, welche sie benützen sollten, um zum Volksgarten zu gelangen. Dann beschrieb er ihnen den Weg von dort zum Lokalbahnhof, und meine Oma und ihre Schwägerin marschierten mit den weinenden Kindern los. Die Schwiegermutter baten sie, mit dem Gepäck, dass sie einfach nicht schleppen konnten, auf dem Bahnhof zurück zu bleiben. Sie würden sie später abholen.

Der Nabel war stärker geworden, die Orientierung gleich Null. Endlich konnten sie Lichter erkennen, Straßenlaternen säumten das Gelände. Nun müsste es zu schaffen sein! Wann würden sie die Straßenbahn erreichen, von der der Mann gesprochen hatte? Viel zu lange dauerte ihr Fußmarsch, bis sie eine Straßenbahnstation erreichten. Es war wie ein Zwischenziel, das ihren Mut wieder stärkte. Auch der Nebel schien nun gleich weniger dicht zu sein.

Bepackt mit dem Nötigsten, die kleinen Mädchen im Kinderwagen verstaut, war meine Oma glücklich, als sie in der für sie unbekannten Straßenbahn saßen. Der Schaffner sprach mit ihnen. Er versprach, ihnen Bescheid zu geben, wenn sie aussteigen müssten. So war es dann auch, und am Volksgarten verließen sie wieder die Straßenbahn. Viele Menschen, vor allem Männer tummelten sich gegen sechs Uhr früh in diesem Stadtteil. Es waren wohl Männer, die in die Schichtarbeit gingen oder davonkamen. Frauen mit Kindern waren um diese Tageszeit eine Seltenheit auf der Straße. Die Familie wurde daher von den Passanten von oben bis unten gemustert. Mitleidig sah man ihnen nach. So manch einer der fremden Männer trennte sich von einigen Geldstücken und gab sie den Buben, die, erfreut über die Münzen, umhersprangen und plötzlich wieder recht munter wurden. Dieses Erlebnis überzeugte meine Familie wieder von der Gutherzigkeit und Hilfsbereitschaft der Österreicher. Selbst wenn diese selbst nur das Notwendigste am Leib trugen, waren sie bereit, dieses Wenige, was sie hatten, noch mit unbekannten Fremden zu teilen. Ein bisschen neuer Mut erfüllte die beiden Frauen.

Endlich fanden sie den Lokalbahnhof, der zwischen anderen Gebäuden versteckt lag. Ein schäbig gekleideter Mann mit fettigen Haaren stand an der Station und inhalierte den Qualm seiner Zigarette. Es war sicher nicht seine erste an diesem Morgen. Er tat so, als bemerke er die sechs Personen, die sich ihm näherten, gar nicht. Auch nach einem kurzen Gruß zeigte er keine Anstalten, sie zu beachten, tat er so, als verstehe er sie nicht. Dabei sprachen sie gut Deutsch. Oma versuchte, von ihm zu erfahren, welchen Zug sie nehmen müssten und bei welcher Station sie aussteigen sollten. All das hörte dieser schmierige, an der Mauer lehnende Kerl, gab ihr aber keine Auskunft. Im Nachhinein stellte sich heraus, dass er beim selben Bauern wie mein Opa wohnte und genau wusste, wen meine Familie suchte. Warum er gar so negativ reagierte, konnten die Frauen nicht feststellen. Aber auch diese Reaktionen auf Flüchtlinge gab es damals.

Plötzlich hörten sie das Pfeifen eines Zuges. Als sie einstiegen, half ihnen der Zugführer, den Kinderwagen in den Waggon zu heben, und gab ihnen genaueste Auskunft. Er versprach auch, ihnen rechtzeitig mitzuteilen, wenn sie in Puchham wären. Nun galt es nur noch, die Nerven zu bewahren. Die Babys schrien wieder, weil sie Hunger hatten. Auch die beiden Größeren, Seppi und Jaki, wollten unbedingt etwas zu essen. Außerdem wollten die Buben in keinem Zug mehr sitzen, ihr Bewegungsdrang war zu groß, keine Ermahnung schien mehr zu helfen. Endlich saßen sie doch, allerdings zappelnd, auf ihren Plätzen. Meine Oma und ihre Schwägerin hatten die Kinder gefüttert und den Buben erklärt, dass sie bald ihren „Dati" wiedersehen würden.

Es war still geworden in dem Abteil. Der Zug bewegte sich sehr langsam. Alle starrten angespannt aus den ungeputzten, trüben Fensterscheiben. Neugierig suchend sahen sie sich die Landschaft an. Der Tag hatte inzwischen solche Fortschritte gemacht, dass sie die Umgebung gut erkennen konnten. Dreißig Minuten waren sie schon unterwegs. Die Gegend wurde immer flacher. Innerlich war man sehr aufgeregt. Trotzdem oder vielleicht gerade deswegen wurde nicht viel geredet.

Nach weiteren zehn Minuten wurde ihre Anspannung durchbrochen, als plötzlich Seppi, der aus dem Fenster blickte, schrie: „Dati, Dati, mein Dati!" Er glaubte, seinen Vater beim Verladen von Zuckerrüben zu erkennen. Der Zug war gerade in die Bahnstation Alkoven eingefahren. Und tatsächlich: Ihr Dati, auf den die Kinder so lange verzichten hatten müssen, verlud dort mit einigen anderen Männern Zuckerrüben. Tränen der Freude flossen, und die Buben konnten es kaum erwarten, endlich aus dem vorerst noch langsam dahinrollenden Waggon zu springen.

Als der Zug anhielt, waren die Kinder nicht mehr zu halten und stürzten auf ihren Vater zu, der freudig erregt aufblickte, als er das ihm so vertraute „Dati" vernahm. Tief gerührt über das plötzliche Wiedersehen, schloss er seine beiden Buben in die Arme. Seppi und Jaki küssten ihren Vater, bis sich plötzlich Seppi aus seiner Umarmung riss und ihn fragte: „Hast du meinen Dreiradler mit?" Sein Dati verneinte. Seppi stieß wütend hervor: „Das dachte ich mir gleich, du hast ihn der Wehrmacht übergeben!" Traurig sah er auf den Boden. Alle anderen lachten. Sie freuten sich trotz des verlorengegangen Dreiradlers und waren überglücklich, einander heil und gesund wieder gefunden zu haben. Mein Opa konnte freilich nicht sogleich das Wiedersehen mit seiner Familie gebührend feiern, er musste vielmehr weiter Zuckerrüben verladen. Doch meine Oma wartete mit den Kindern geduldig, bis er fertig war, um dann gemeinsam mit ihm mit Ross und Wagen in ihre ungefähr zwanzig Minuten entfernte, neue Unterkunft zu gelangen.

Meine Großeltern hatten sich auf diesem „Heimweg" viel zu erzählen, sie hatten in der Zeit, da sie getrennt waren, allzu viel erlebt. Die beiden kleinen Mädchen waren eingeschlafen. Die Buben waren friedlich. Sie hatten wieder ihren Dati.

Die Gegend hier sah recht fruchtbar aus, stellten die beiden Frauen fest. Aus diesem Grunde wunderten sie sich auch nicht über die Größe der Anwesen. Schon vorbereitet auf das neue „Quartier", war der erste Schreck für die Neuankömmlinge dann nicht ganz so groß, wie man eigentlich hätte befürchten müssen. Der frühere Hühnerstall wurde mit drei weiteren

Betten, die sie rasch aus alten, zusammen getragenen Bänken zimmerten, ausgestattet. Mit den darauf gelegten Strohsäcken dienten sie allen als Schafstätte und als Sitzgelegenheit. Verglichen mit den Tagen im Viehwaggon hatte sich für sie eine Luxusherberge aufgetan. Erschöpft ließen sich alle nieder. Zu Mittag machten sich die Männer dann auf den Weg, ihre Mutter zu holen, die sie ja mit dem Gepäck am Bahnhof in Linz zurückgelassen hatten. Mit den Rössern und dem Planwagen waren sie bis elf Uhr nachts unterwegs. Umso größer war dann ihre Freude, dass sie sich endlich, nach überlangen zwei Monaten, alle wiederhatten, dass sie vereint waren im oberösterreichischen Puchham bei Eferding. Sie genossen die glücklichen Stunden und waren froh, dass trotz größter Gefahren wie Fliegeralarmen, Bomben und Kugelhagel kein größeres Unglück geschehen war.

In diesen Tagen, als sich meine Großeltern wieder in die Arme schließen konnten, geschah in ihrer Heimatstadt Ruma Schreckliches: Die dort zurückgebliebenen deutschen Bürger mussten sich noch vor Kriegsende melden. Sie wurden in den Dom von Ruma gebracht. Dort mussten sie sich der Reihe nach aufstellen. Dann wurden sie, einer nach dem anderen von den Serben niedergemetzelt.

Meine Familie hatte Glück gehabt. Sie konnte flüchten! Sie war wohlauf. Trotzdem begannen jetzt neue Sorgen für sie. Immer wieder stellten sie sich die Fragen:

„Wie wird es in Zukunft weitergehen?"

Für wie lange sind wir hier untergebracht?"

„Werden wir uns je wieder etwas Eigenes schaffen können?"

Jahrelang arbeitete meine Familie am Winklerhof. Die Männer bestellten die Felder und mähten die Wiesen. Die Frauen bearbeiteten die Zuckerrübenfelder und versorgten das Vieh. Der Bauer, für den sie arbeiteten, war, wie schon erwähnt, nicht der Besitzer, er hatte den Winklerhof nur in Pacht. Er war ein lustiger, netter Kerl, der mit seinen einhundertzehn Kilogramm Körpergewicht gerne in seinem Gut umherstreifte. Im 1. Weltkrieg hatte er ein Bein verloren. Er erzählte gerne von „Adi" und meinte damit Adolf Hitler. „Adi" konnte er nicht leiden. Er war mit ihm gemeinsam in Leonding gefirmt worden, ja die beiden hatten sogar denselben Firmpaten gehabt. Damals sei „Adi" schon aufmüpfig und frech gewesen, erzählte der Bauer immer wieder. Heute mochte der Bauer den Führer nicht, ja er hasste ihn. Davon redete er immer wieder, wenn man im Radio von Hitlers Plänen und Taten hörte.

Aber nicht nur der Bauer war ein netter, lustiger Geselle, seine gesamte Familie war sehr hilfsbereit. Seine zwei Söhne waren im Krieg, seine beiden Töchter mussten am Hof mitarbeiten. Eine war für die Kühe zuständig, die andere für die Schweine. Der Wasmayrhof, der ihm gehörte, wurde gut geführt. Es war ein angesehener Hof. Der Winklerhof, den er nur in Pacht hatte und den meine Großeltern bewirtschaften sollten, war lange Zeit unbewohnt gewesen und deshalb ziemlich verwahrlost. Er musste erst wieder in Schuss gebracht werden.

Eigentlich ging es meiner Familie für damalige Verhältnisse nicht schlecht. Meine Großeltern hatten jederzeit die Möglichkeit, Holz zum Heizen und Bauen zu holen. Sie erhielten täglich eine Kartoffelration und einen sieben Liter großen Topf voll Milch, sowie das Fleisch, das sie zum Leben benötigten. Die Wohnverhältnisse und das Essen waren zwar bescheiden, aber in dem Umfang vorhanden, dass sie zufrieden waren.

Trotzdem überlegten sie in dieser Zeit nicht selten, wie sie ihre Situation ändern, verbessern könnten. Zu arbeiten, nur um zu überleben, reichte für ihr Selbstwertgefühl nicht. Zu Hause in Ruma hatten sie selbst Knechte. Sie träumten davon, sich eine eigene Existenz aufbauen. Doch das ging nicht, zumindest zu dieser Zeit noch nicht.

Rundherum herrschte Krieg, Flüchtlingsströme aus allen Himmelsrichtungen, ein Durcheinander, ein Chaos. Solange diese Unruhe noch andauerte, dachten sie, wäre es zu gefährlich, sich allein irgendwohin zu wagen, sich irgendwo nach einem eigenen Zuhause ohne jede Abhängigkeit umzuschauen, ohne sicheres Dach über dem Kopf, ohne Radio, um die Kriegsgeschehnisse verfolgen zu können …

Immer wieder hörte man auch in diesem kleinen Ort Puchham Schüsse, die zumeist auf Eferding gerichtet waren. Kanonenkugeln, wurden abgeschossen, Tiefflieger zielten auf umliegende Orte. Unter diesen Umständen konnten, durften sie einfach nichts riskieren.

Sie mussten sich mit dieser ihnen vor allem „sicher" erscheinenden Lage bei ihrem Bauern zufriedengeben.

Doch ein Problem wurde immer drängender: Geld besaß meine Familie nur noch sehr wenig. Die tägliche Arbeit brachte ihr nur die Essensration für diesen und die nächsten Tage. Doch was war mit der Erneuerung der Kleidung, die mehr und mehr zerschlissen wurde? Womit sollten sie die Hosen und Hemden erneuern, aus denen die Buben immer mehr herauswuchsen?

Am Anfang ihres Aufenthaltes in Puchham hatten sie noch genug Erspartes von zu Hause, Essenvorräte, vor allem aber auch Geld. Dieses konnte umgewechselt werden. Auch Lebensmittelkarten hatten die Flüchtlinge bald erstanden. Jedes Kind hatte seine eigene Karte. Da das Baby und die Buben mit ihren vier und fünf Jahren nicht allzu viel aßen, waren die Rationen für die arbeitenden Menschen halbwegs erträglich.

Doch das Geld wurde bald abgewertet, und sie wussten, dass sie bald Arbeit für Lohn finden mussten, weil die Ersparnisse aus Ruma immer weniger wurden. Kein Geld zu haben war schlimm.

Eine abermalige Geldabwertung zwang meine Großeltern zum Verkauf ihrer Pferde. Zwei Rösser hatten sie ohnehin im ersten Winter schon an das Militär abgeben müssen, zwei waren ihnen zur Verrichtung der Arbeit verblieben. Diese beiden Prachtpferde, die meine Großeltern besaßen, waren aber, wie sich herausstellte, mit ein Grund dafür, warum sie ihr Bauer eingestellt hatte. Er hatte angenommen, dass er dadurch auch Besitzer diese vier braunen Noriker würde. Anfangs war vereinbart, dass der Bauer sie zur Feldarbeit einsetzen durfte. Für den Fall der Verletzung eines Tieres aber musste er eine Kaution hinterlegen. Als er dann hörte, dass mein Opa die Tiere verkaufen wollte, wurde er böse.

Mein Urgroßvater ließ aber nicht locker, die Not war zu groß. Die Pferde waren das einzige, was sie zu verkaufen hatten. Opa hörte sich deshalb um und erfuhr, dass in der Nähe der Ortschaft Wilhering ein reger Pferdehandel herrschte. Österreicher verkaufen dort Flüchtlingspferde an die Russen. Opa machte also den österreichischen Händlern ein Angebot. Ein Übergabedatum wurde fixiert. Eines Abends spannte er mit seinem Bruder, der mittlerweile auch aus der Gefangenschaft in das Eferdinger Becken gefolgt war, die Pferde ein. Sie zogen mit den Rössern und dem Wagen los. Es war eine gefährliche Aktion in dieser kalten Frühlingsnacht, denn der Bauer wollte die Rösser auf keinen Fall verkaufen lassen.

An der Donau bei der Überfuhr Wilhering – Ottensheim, wo bald nach Kriegsende die Grenze der amerikanischen und russischen Zone entstanden war, übergab man, wie vereinbart, alles den Händlern: Rösser, Wagen, Pferdegeschirr, Zaum. Mit dem erhaltenen Geld in den Taschen stapften die beiden im Morgengrauen entlang der Donau über Waldwege, durch Auen und Sümpfe Richtung Eferding zufrieden nach Hause. Ein Kuckuck begleitete sie. Der alte Spruch „Wenn man im Frühling erstmals den Kuckuck rufen hört, soll man seine volle Geldtasche schütteln, damit sie nie leer werde", passte in dieser Nacht für die beiden Rosshändler.

Am nächsten Morgen, als sie gerade erst in ihre Betten geschlüpft waren, rief der Bauer: „Mein Sohn baut an, Sepp hilf ihm eggen!" Mein Uropa meinte daraufhin: „Wir haben keine Pferde mehr!" Wütend vor Zorn schrie er seiner Tochter: „Mitzi! Rufe sofort die Gendarmen!" Meine Familie verhielt sich ruhig, denn sie waren überzeugt, dass sie mit ihren Pferden tun und lassen konnten, was sie wollten. „Da wären sie aber im Irrtum!", meinte der Bauer. Bald darauf erschienen auf ihren Fahrädern zwei Gendarmen. Der Bauer erklärte ihnen, die Flüchtlinge hätten „seine" Pferde verkauft. Rasch verwandelte sich das zuerst schelmische Schmunzeln der zwei Landpolizisten in einem bösen Blick, und sie vollzogen stillschweigend ihre Amtshandlung, indem sie meinen Urgroßvater abführten.

Es war ein Freitag, und am Wochenende passierte nichts. So saß mein Urgroßvater in einer verstaubten Zelle im Bezirksgericht in Eferding und wartete auf Aufklärung dieser Angelegenheit. Am Montag setzte sich dann mein Opa in den Zug Richtung Linz und sprach bei der Flüchtlingskommission vor. Diese Leute halfen meiner Familie sofort. Es bedurfte keiner langen Erklärung, um meinen Uropa wieder aus dem Gefängnis holen zu können.

Nach einiger Zeit folgte eine Gerichtsverhandlung in Grieskirchen, bei der mein Uropa freigesprochen wurde. Der Richter kannte die allgemeine Situation, er hatte schon des Öfteren ähnliche Fälle zu klären gehabt. Der Bauer wurde nur ausgelacht. Leider war das Verhältnis zwischen meiner Familie und ihm ab diesem Zeitpunkt sehr schlecht. Ein berechtigter Grund für den Wunsch meiner Oma, so schnell wie möglich, von diesem Hof weg zu kommen.

Ein guter Freund

Schon in früheren Tagen hatte meine Oma Vorsorge getroffen und sich immer wieder erkundigt, wie die Arbeitsweise auf anderen Höfen wäre. So wusste sie in der näheren Umgebung genau Bescheid. Sie fragte noch am selben Tag nach neuer Arbeit. Als ihr Schwiegervater aus dem Gefängnis freikam, ging sie zum größten Bauern der Gegend, zum Assnerhof. Sie wusste, dass auf diesem Hof eine große Anzahl von Menschen beschäftigt war und der Verwalter ein netter Kerl ist. Der Bauer, ein ehemaliger Nazi, saß in Salzburg im Gefängnis. Die gesamte Wirtschaft wurde von einem Verwalter namens Jungreitmeier geführt. Über sechshundert Joch und sechs Rösser gehörten zu diesem Besitz. Das zeigte von guter Wirtschaftsführung.

Oma war also ohne Zögern zum Assnerhof marschiert und hatte dort ihre Situation geschildert. Ohne lange Überlegungen erhielt meine gesamte Familie eine neue Anstellung. Das Untergeschoss eines eigens Hauses, des sogenannten „Backhäusls" wurde ihr zur Verfügung gestellt. Eine Küche und ein Zimmer dienten meinen Großeltern, ihren Kindern und Opas Bruder samt Frau und Kind als Wohnmöglichkeit. Im oberen Stockwerk wohnten noch ein Gärtner und seine Verwandten. Es wurde gemeinsam gekocht. Alles Mitgebrachte lag in Kisten, die auf dem Boden aufgestellt waren. Mein Uropa und seine Frau erhielten ein Zimmer direkt im Bauernhof.

Der Verwalter, er hieß Ernst, und mein Opa verstanden sich auf Anhieb sehr gut. Beide, im gleichen Alter, hatten dieselben Interessen und Ansichten. Auch bei der Arbeit waren sie sofort aufeinander eingespielt, die Zusammenarbeit klappte hervorragend. Ernst, ein gutaussehender, dunkelhaariger, schlanker Mann, war nicht verheiratet. Er hatte einen schlauen Jagdhund. Dieser Hund hielt sich immer in Opas Nähe auf, auch sie wurden bald Freunde. Dadurch ergab es sich dann manchmal, dass draußen auf dem Feld der Hund die Fährte eines Hasen aufspürte, ihm nachjagte und Opa, der in der richtigen Reihe stand, den Hasen mit der Hand erwischte. Wenn die beiden Jäger erfolgreich waren, gab es jedes Mal Hasenbraten.

Auch den Sonntag verbrachten mein Opa und der Hund oft gemeinsam. Der Hund kam zu Mittag nach dem Essen und holte Opa zur Hasenjagd ab. Der Verwalter freute sich mit den beiden und forderte eines Tages während der Feldarbeit, als er einen Hasen sah, Opa auf; „Na, glaubst du, erwischst du ihn?" „Ich werde es versuchen." Und mit seinen flinken Händen fing er das Tier; dieses Mal sogar ohne den Jagdhund Rex. Feldhasen hätten ja eigentlich nicht gefangen werden dürfen, doch Ernst gönnte meiner Familie das Fleisch und tat so, als ob er es nicht sehen würde.

Meine Familie fühlte sich am Assnerhof sehr wohl. Sie fanden auch endlich ruhigen Schlaf und wurden nicht mehr wie so oft vorher am Winklerhof von feiernden Franzosen, die dort den oberen Stock besiedelten, geweckt. Außerdem standen ihnen hier zwei Zimmer für acht Leute zur Verfügung, vorher war es nur ein einziges gewesen. Aber nicht nur die räumlichen Gegebenheiten des Winklerhofes hatten dort oft ihren Schlaf gestört, es gab noch einen anderen Grund. Auf den früheren Hühnerstall hatten oft noch Hahn und Hennen Besitzansprüche erhoben und wollten so mir nichts dir nichts hineinflattern. Die provisorisch reparierten Fenster wurden dadurch wieder zerschlagen und mussten aufs Neue verglast werden. Auch diese Unannehmlichkeit hatte man jetzt auf dem Assnerhof natürlich nicht mehr.

Vor allem aber die größte Sorge, das größte Problem der Familie war mit diesem Arbeitswechsel gelöst: Alle erhielten für ihre Tätigkeiten nicht nur Essen und Quartier, sie verdienten auf dem Assnerhof ihren ersten Lohn in Österreich!

Die Nabeloperation

Im Sommer 1945, meine Oma war auf dem Feld, jammerte zu Hause ihr einjähriges Mädchen über Bauchschmerzen. Es wand sich vor Qual, und meine Uroma, die bei ihr war, ließ den Arzt holen. Dieser stellte nichts Gravierendes fest. Doch die Schmerzen wurden immer schlimmer. Als meine Oma nach Hause kam und das Kind sah, erschrak sie. „Das Kind gehört sofort in das Spital!" Krankenhäuser gab es aber keine mehr. Alle waren bombardiert und zerstört worden und mussten erst wiederaufgebaut werden. Es gab nur Lazarette. Das nächste lag in Eferding. So marschierte meine Oma mit dem von Schmerzen geplagten Kind los. Sie dachte sofort an einen Nabelbruch. Eine Operation in dem Lazarett schien für sie unumgänglich. Dort angekommen, nahm sich aber vorerst kein Arzt ernsthaft des Kindes an, für die Mediziner gab es wichtigere Fälle. Das jammernde Kind konnte warten. Meine Oma versuchte immer wieder zu erreichen, dass sich ein Arzt den Nabel ihrer Tochter ansehen sollte. Durch ihre Hartnäckigkeit hatte sie schließlich auch Erfolg. Ein Arzt stellte die vermutete Diagnose: Nabelbruch.

Doch für eine Operation reichte dies noch lange nicht. Die Ausschläge an Armen und Beinen waren der Grund, dem Kind nicht zu helfen. Zur damaligen Zeit waren diese Ausschläge, die durch die Umstellung der Kost hervorgerufen wurden, keine Seltenheit. Sie waren nichts Schlimmes. Das wussten auch die Ärzte. Doch diese Ausschläge waren für sie Vorwand genug, nicht zu operieren.

Doch meine Oma ließ nicht locker. Ihr ständiges Bitten und Flehen, das Kind doch zu operieren, sonst überlebe es nicht, fand endlich Gehör. Ein Arzt entschloss sich zu einem Eingriff. Meine Oma saß inzwischen auf einem Schemel und wartete, bis man den Vorhang wegzog, hinter dem operiert wurde. Das bereits mehrmals geflickte Laken, eben dieser „Vorhang", bewegte sich mehrmals, bis endlich eine Schwester mit dem einjährigen Kind auf dem Arm hervortrat und bestätigte. „Es war höchste Zeit. Die Kleine hätte es nicht überlebt."

Gott sei Dank! Im letzten Moment! Auf einer Pritsche durfte das Mädchen dann weiterschlafen. Bald darauf schlug sie ihre Augen auf. Ihre Haare standen strubbelig zu Berge. Meine Oma saß neben ihr und hielt ihr zartes Händchen. Plötzlich sah sie neuerlich

Angst und Schmerzen in den Augen des kleinen Wesens. Einen verzweifelten Blick. Es war ihr sofort klar, das Kind rang um Luft. Meine Oma begann zu schreien, weil ihr Kind mehr und mehr blau wurde. Es kam niemand. Sie rannte durch das Lazarett. Es schrien, jammerten und wimmerten hier viele, die nicht gehört wurden. Sie packte eine Schwester am Arm und zog sie zum Bett ihrer Tochter. Endlich kam auch ein Arzt. Dieser erkannte die Situation sofort. Mit einem schnellen Griff holte er die Zunge des Kindes, die in den Hals gerutscht war, hervor. Diesem so einfachen Handgriff des Arztes sowie der Hartnäckigkeit seiner Mutter verdankte dieses Kind, das später meine Mutter werden sollte, damals sein Leben.

Ja meine Kinder, Oma Maria hatte Glück gehabt, ihr Bauch zeig aber heute noch die Narben dieses Eingriffs!

Meine Mutter war binnen kürzester Zeit zweimal knapp dem Tod entronnen. Eine ständige Überwachung und Betreuung von Seiten des Krankenpersonals im Lazarett wäre aber nicht möglich gewesen. Acht Tage und Nächte nach der Operation wachte daher meine Oma bei ihrem Kind. Die Operation war nicht unproblematisch verlaufen. Der Bauch musste in der Eile quer über seine ganze Breite aufgeschnitten werden. Die dadurch notwendig gewordene, lange Naht verursachte dem Mädchen noch einige Zeit Schmerzen. Doch meine Oma sah all das andere Elend in diesem Lazarett. Sie erkannte, es gab Schlimmeres, und war froh, dass die Krankheit ihrer Tochter geheilt werden konnte.

Doch allzu bald begannen für meine Oma die Alltagssorgen wieder. Die beiden Buben gingen schon zur Schule. Aus diesem Grunde wurde dringend Geld benötigt.

Zwischen meiner Familie und Ernst hatte sich ein derart freundschaftliches Verhältnis entwickelt, dass er ihnen Grund und Boden schenken wollte, damit sie hierblieben. Sie sollten sich ein eigenes Haus bauen und gleichzeitig für ihn arbeiten. Immer wieder drängte er meine Familie, dieses Angebot anzunehmen. Meine Oma konnte sich mit diesem Gedanken jedoch nie anfreunden. Sie hielt nach anderen Möglichkeiten Ausschau.

So nahm meine Familie im vierten Jahr ihres Aufenthalts in Österreich das Angebot eines Bauern in Oftering an. Verwandte aus Ruma waren bereits einige Zeit in dessen Dienst und erzählten von ihm nur das Beste. Bessere

Wohnmöglichkeiten und mehr Lohn wurden meiner Familie in Aussicht gestellt. Das lockte meine Großmutter, die immer intensiver ihr Ziel vor Augen hatte, sich früher oder später etwas Eigenes zu schaffen, um von niemandem mehr abhängig zu sein. Meine Familie ergriff diese Chance und zog nach Oftering zum „Fischer Bauern". Sie fanden einen vierzig Joch großen Hof vor, ein angesehenes Gut und wirklich viel bessere Bedingungen als bei ihrem früheren Arbeitgeber. Alle waren zufrieden.

Für Oma sollte natürlich auch dieser Arbeitsplatz nur ein Übergang sein. Sie hörte zu dieser Zeit nämlich immer wieder von Familien, die ihr Glück in der Stadt oder in anderen Ländern versuchten. Sie kauften sich dort Grundstücke oder Häuser. Allerdings hatten die meisten keine Kinder. Außerdem empfahl jedermann meinen Verwandten, bei dem Bauern zu bleiben, um zumindest Essen zu haben. Das verunsicherte meine Oma vorerst etwas in ihren Bemühungen um einen eigenen Besitz.

Die Frage der Auswanderung

In Österreich wollte meine Oma bleiben, davon war sie inzwischen überzeugt. Dazu hatte sie sich nach langem Hin und Her durchgerungen. Als eines Tages mein Opa mit der Mitteilung kam, sie würden auswandern, sah sie ihn nur fragend an. Er war aber von seiner Idee so überzeugt, dass er die Kinder schon von der Schule abgemeldet und einen Termin für die „Musterung" vorgesehen hatte. „Amerika oder Brasilien?", stellte er meine Oma vor die Wahl. Er wusste, Omas Bruder war mit seiner Familie nach Amerika ausgewandert. Daher dachte er, sie von den Vorteilen dieser Möglichkeit leicht überzeugen zu können. Meine Großmutter wusste aber auch, dass viele Familien, die aus Österreich weggegangen waren, nicht glücklich geworden waren. Viele waren daher auch wieder zurückgekommen. So blieb sie standfest: „Nein, ich gehe nicht weg von hier. Die Kinder gehen zur Schule, wir arbeiten. Nächstes Jahr ackern wir unseren eigenen Grund, hier in Österreich!" Sie hielt an ihrer Überzeugung absolut fest. Nach einigen Versuchen, sie umzustimmen, resignierte mein Opa. Gegen den Willen dieser starken Frau vermochte er nichts zu erreichen.

Noch nicht einmal ein Jahr hatte meine Familie am Hof in Oftering gearbeitet, als sie im Sommer 1949 ein neues großes Risiko auf sich nahm. Keine andere Arbeit in Aussicht, übersiedelte sie nach Linz. Gemeinsam mit den Schwiegereltern und anderen Verwandten hatte sie sich um 4.800,- Schilling eine „Baracke" gekauft, die die neuen Besitzer dann in sechs Bereiche teilten. Sie stellten sie am Minnesängerplatz auf dem Froschberg auf. Ihren finanziellen Beitrag zu diesem Kauf, 800,- Schilling, hatte sich meine Oma von einer Schwägerin ausgeborgt. Jede Familie hatte jetzt ein Zimmer und eine Küche. Der Holzboden wurde teilweise aufgeschnitten. Der sich darunter befindliche Raum wurde als Speisekammer genutzt. Mit Deckeln aus Pappe wurden die Wände tapeziert, eine Türe musste neu hergestellt werden. So lebte man zwar nach wie vor auf engstem Raum, aber der Raum gehörte der Familie; und das war gut so.

Das erste eigene „Heim" in Österreich, aber keine Arbeit! Meine Oma verließ sich einfach auf ihre und Opas Schaffenskraft und ihren Instinkt: „Wer arbeiten will, bekommt auch Arbeit!", war sie überzeugt. Sie würde alles annehmen, nur um zu Geld zu kommen.

Die Buben hatten bereits die Volksschulzeit beendet, Maria, die Jüngste, war gerade in die Volksschule eingetreten. Für die Kinder benötigte man dringend Geld. Doch es war kein Lohn in Aussicht. Omas innere Unruhe wuchs. Am wichtigsten aber war für alle, dass die Familie zusammenhielt.

Arbeit

Im Herbst, kurz vor Schulbeginn, traten meine Oma und ihre Schwägerin eine neue Stelle an. Sie konnten bei Bauersleuten in Pasching, bei denen sie während der Woche auch schlafen mussten, ihren Dienst aufnehmen. Diese Umstellung, die Trennung von der Familie während der Woche, mussten sie in Kauf nehmen, denn die Zuckerrübenernte war in vollem Gang und verlangte ihren Einsatz vom frühen Morgen bis zum späten Abend.

Nach einiger Zeit hatte auch mein Opa großes Glück! Er und sein Bruder wurden bei der Baufirma Hamberger aufgenommen. Und auch meine Urgroßmutter fand vormittags Arbeit bei einem Bauern in der Nähe, so dass sie an den Nachmittagen die Kinder betreuen konnte.

Obwohl sich die finanzielle Situation erheblich verbessert hatte, bedeutete es für alle eine enorme Umstellung, dass zu Hause die Mutter fehlte. Auch meine Oma litt sehr an der Trennung, vor allem von ihrer kleinen Tochter. Sie wusste genau, mit ihren sechs Jahren hatte Maria jetzt zwei Probleme zu bewältigen, den neuen Lebensabschnitt Schule und die erstmalige Trennung von der Mutter.

Weil meine Oma auch oft am Wochenende durcharbeiten musste und ihrem Wunsch, nach Hause zu fahren, von ihrem Arbeitgeber nicht stattgegeben wurde, half manchmal mein Opa aus; er fuhr nach Pasching, um dort statt seiner Frau zu arbeiten. Meine Oma hätte diese Stelle sonst verloren.

Omas erste Frage, wenn sich meine Großeltern am Wochenende sahen, war immer dieselbe: „Wie geht es Maria in der Schule?" Und jedes Mal antwortete mein Opa, seine Frau sollte sich keine Sorgen machen, Maria sei sehr selbständig, sie lerne leicht und sei fleißig. Dadurch beruhigt, konnte sich meine Oma auch in der kommenden Woche wieder voll auf ihre Arbeit in Pasching konzentrieren.

Jakob war sehr geschickt. Eines Tages war sein Lehrer zu meiner Oma nach Hause gekommen und hatte geraten, der Bub solle in die Hauptschule gehen, da er dafür geeignet sei. Weil der Besuch einer Hauptschule damals nur Reichen oder sehr guten Schülern vorbehalten war, musste sich der Lehrer persönlich für Jakob einsetzen, damit ihn die Eltern in die Leondinger Hauptschule schickten durften.

Omas Kinder hatten sehr früh gelernt, selbständig zu sein. Es war ja niemand da, der sich um ihre Aufgaben und Schularbeiten kümmern konnte. Das half ihnen in dieser Zeit sehr.

Ein kleines Fest zwischendurch

Eines Tages gingen mein Opa, sein Bruder und sein Vater von der Arbeit nach Hause. Am Froschberg wurde Most ausgeschenkt. Das sahen die drei Männer. Mein Opa und sein Bruder hätten nur allzu gerne ein Gläschen getrunken, doch für solchen Luxus gab es kein Geld. Für ihren Durst musste Wasser reichen. Der Vater erkannte die Gedanken seiner Söhne, und weil er das meiste Geld hatte (er hatte keine Kinder mehr zu versorgen) kaufte er drei Gläschen Most.

Andächtig genossen sie jeden Tropfen. Es war für sie wie Weihnachten und Ostern zusammen.

Verlust der Arbeit

Nach einiger Zeit erhielt mein Opa einen Brief vom Arbeitsamt, in dem ihm mitgeteilt wurde, er müsse seine Tätigkeit bei der Baufirma Hamberger einstellen, Bauern benötigten Arbeiter. Er sollte sich bei den angegebenen Adressen melden. Selbstverständlich sprach er bei den angeführten Landwirten auch vor. Da er aber eine fünfköpfige Familie zu ernähren hatte, wollte ihn niemand zur Arbeit aufnehmen. Eine fünfköpfige Familie zu ernähren konnte sich nicht jedermann leisten. So weit war es gekommen: Weil er dort, wo man ihn wollte, nicht arbeiten durfte, während er dort, wo er durfte, wegen seiner Familie nicht willkommen war, stand er als Arbeitsloser auf der Straße.

Eines Tages gab er sich wieder einmal einen Stoß und eilte frühmorgens Richtung Arbeitsamt. Er wandte sich an einen Beamten des Arbeitsamtes und bot ihm eine bedeutende Geldsumme für einen Tipp, wo er Arbeit finden könnte. Der Beamte aber nahm das Geld nicht an, sondern riet ihm, er solle beim Landeshauptmann Gleißner vorsprechen. Mein Opa befolge diesen Rat und fuhr zum Landhaus. Dort versuchte er ohne Umwege zum Landeshauptmann zu gelangen. Gerade nicht im besten Aufzug, aber doch sauber und rasiert, klopfte er an die Tür das höchsten Mannes im Land. Mit Herzklopfen betrat er ein helles, freundliches Zimmer, in dem ihn eine junge Dame empfing. Sie hörte ihm kurz zu und meldete ihn bei ihrem Chef an. Mein Opa war erstaunt, sogleich eintreten zu können. Schon das erste Lächeln des Landeshauptmannes ließ Opas Nervosität verschwinden. Ohne Umschweife erklärte er sein Anliegen. Der Landeshauptmann hatte ein offenes Ohr und telefonierte vor Opas Augen mit der Baufirma Hamberger, welche umgehend bestätigte: „Die Moserbrüder werden benötigt und können sofort kommen." Freudestrahlend verließ mein Opa den Amtsraum und fuhr zufrieden nach Hause. Gleich am nächsten Tag begannen er und sein Bruder wieder bei der Firma Hamberger zu arbeiten.

Nach einem Monat aber – es war inzwischen Winter geworden, und am Bau war nichts mehr los – wurden viele Arbeiter gekündigt. So auch mein Opa. Die Zuckerrübenernte war ebenfalls beendet, und auch meine Oma wurde am Hof in Pasching nicht mehr benötigt. Ihr blieb nichts anderes übrig, als sich neuerlich umzuhören, wo es Arbeit gäbe. Sie fragte vor allem gut gekleidete Frauen, denen sie am Froschberg begegnete, ob sie vielleicht jemand im Haushalt benötigten. Sie hinterließ ihnen ihre Adresse.

Mein Opa hätte Arbeitslosengeld beziehen können, das wollte er aber nicht. Er musste arbeiten, er brauchte jeden Schilling. Durch Zufall traf er am Arbeitsamt einen Freund aus Ruma, einen Maurer, der auch Arbeit suchte. Dieser gab ihm den Tipp, nach Kleinmünchen zu fahren. Dort gebe es eine Glasspinnerei, die ständig Arbeiter suche. Mein Opa stellte sich dort vor. Er wusste sofort, warum dieser Betrieb immer wieder dringend Personal benötigte. Es war nicht jedermanns Sache, bei enormer Hitze in dieser von Glasstaub geschwängerten Atmosphäre zu arbeiten. Mein Opa erkannte sofort, diese Arbeit war sehr schädlich für die Gesundheit, dafür aber gut bezahlt. Doch er benötigte den Job, der Verdienst lockte ihn. Außerdem meinte er, dieser Arbeitsplatz werde für ihn nur eine Übergangslösung sein. Doch bald wurden mein Opa und sein Chef Freunde. Opa durfte am Wochenende gegen Bezahlung auch private Dinge für ihn verrichten. Finanzielle Probleme gab es also durch diesen lukrativen Job kaum mehr. Arbeit gab es genug für ihn, sowohl innerhalb als auch außerhalb des Betriebes.

Auch Oma hatte Glück! An einem Sonntagnachmittag – es war im Jahre 1950 – klopfte es an der Tür. Eine elegant gekleidete Frau fragte nach einer Juliane Moser. Meine Oma, die vor der Petroleumlampe saß, legte den soeben gestopften Strumpf zur Seite und schaute auf. „Ja, das bin ich." Die Dame stellte sich vor. Sie wäre die Verwalterin des Ledigenheimes der Landesregierung. Sie habe gehört, Frau Moser suche Arbeit. In diesem Heim gebe es, wie sie meinte, genug davon. Frau Moser sollte sich das einmal ansehen.

Meiner Oma konnte nichts Besseres passieren. Für sie war es keine Frage, ob sie sich das ansehen würde. Das Heim kannte sie. Es lag gleich neben der Schule ihrer Tochter. Sie ging also hin und stellte sich vor. Sofort wurde sie eingestellt. Sie arbeiteten von acht bis dreizehn Uhr, war Kranken- und pensionsversichert, die Bezahlung war gut. Sie war dankbar und stolz, diese Stelle erhalten zu haben.

Zu Ostern 1951 konnte meine Oma erstmals von ihrem Ersparten den drei Kindern Schuhe, Hemden und Westen kaufen. Glücklich und zufrieden und mit sichtlich stolzem Blick marschierte sie mit ihnen durch die Linzer Landstraße. Das erste Ersparte, dass sie für Kleidung für ihre Kinder ausgeben konnte, ein wahrer Luxus! Selbstverständlich gab es neben den nützlichen Dingen für die Kinder auch ein Osternesterl mit gefärbten Eiern und Orangen.

Die Familie hatte viel riskiert und allen Prophezeiungen zum Trotz gewonnen. Das Gröbste war für sie jetzt überstanden. Die Glasspinnerei und das Ledigenheim der Oberösterreichischen Landesregierung hatten sie aus ihrer manchmal aussichtslos scheinenden Situation gerettet. Oder doch nicht? Eine kleine Unsicherheit war im Denken der Menschen noch immer zurückgeblieben.

Zu Weihnachten wurde ein Ferkel geschlachtet. Es war seit langem wieder ein Heiliger Abend mit einem „Christbaum", wie es in Ruma der Brauch gewesen war. Einen kurzen Augenblick lang dachte Oma an diesem Abend an ihr erstes Weihnachten in

Österreich. Es war im Jahr 1944 gewesen: Sonntag für Sonntag hatten sie nach ihrer Flucht die heilige Messe in Alkoven mitgefeiert. Erstmals zu Weihnachten waren sie in die ungefähr neunzig Gehminuten entfernte Eferdinger Kirche zur Christmette marschiert. In den hell erleuchteten Räumen der Häuser, an denen sie vorbeigingen, hatten sie geschmückte Weihnachtsbäume leuchten gesehen. Nur sie selbst hatten keinen gehabt.

Meine Oma schluchzte. Ihre Gedanken waren in Ruma, wo zu Weihnachten jedes Jahr ein Christbaum ihre Stube geschmückt hatte. Dann im Jahre 1944 hatten sie erstmals Weihnachten ohne Baum und ohne Geschenke „gefeiert". Sie hatten bloß vor einer Kerze gesessen, und es war keine richtige Stimmung aufgekommen. Meine Oma dachte zurück, wie sie sich damals die Frage gestellt hatte, ob sie jemals wieder ein Weihnachten wie früher feiern würden? – Nun war es endlich wieder soweit! Sie hatten es geschafft, sich so viel anzusparen, um sich, ohne ein schlechtes Gewissen haben zu müssen, wenigstens den kleinen Luxus eines Christbaums leisten zu können. Sie waren glücklich, wie schon lange nicht mehr. Omas Tränen waren nicht mehr ein Zeichen ihrer Heimatlosigkeit, sie waren zu

Freudentränen über ihr neues Glück geworden, weil sie endlich das erreicht hatte, was für sie so lange unerreichbar gewesen war.

Zusätzlicher Luxus: Ein Haus aus Ziegeln

Jeder ging seiner Arbeit nach. Mein Opa verbrachte viele Wochenenden in Oftering bei seinem Freund Ernst am Bauernhof. Dort gab es immer Arbeit, und durch seine Mithilfe „erwirtschaftete" er „Leckeres" für den Alltag, was sich seine Familie sonst nicht hätte leisten können. Obst und Fleisch waren für sie noch immer nichts Alltägliches. Deshalb wurde er auch jeden Sonntag am Bahnhof freudestrahlend von seiner Familie empfangen, die immer wieder neugierig war, was er wohl diesmal mitbringen würde. Bepackt wie ein Weihnachtsmann stand er jedes Mal am Bahnsteig. Auch dadurch, dass er am Wochenende zusätzlich arbeiten konnte, war es für die Familie möglich geworden, Geld zur Seite zu legen, zu sparen.

Omas geheimes Ziel war, sobald wie möglich ein eigenes Haus zu bauen und aus der Baracke auszuziehen. Für dieses Ziel gab sie ihr Bestes und suchte immer wieder nach zusätzlichen Verdienstmöglichkeiten. Immer wieder sah sie sich auch Grundstücke an und erkundigte sich nach deren Preis. Oft marschierte sie frühmorgens los, wenn alle aus dem Haus waren. Eines Tages wanderte sie sogar bei glühender Hitze, versorgt mit genügend Proviant, von ihrer Arbeitsstelle in Pasching nach Marchtrenk, um sich dort feilgebotene Baugründe anzusehen. Erzählt hat sie von diesen Unternehmungen immer erst später, wenn sie, enttäuscht über die Erfolglosigkeit ihrer Wanderungen, erschöpft nach Hause gekommen war. Ihre Familie konnte oder wollte Omas Träume vom eigenen Haus damals noch nicht verstehen.

1952 überredete sie dann meinen Opa, in Traun einen Baugrund zu kaufen. Sie hatte schon längst alles durchgerechnet. Der Grund in Traun war zwar nicht billig, aber er lag näher bei Linz als die Grundstücke, die sie sich vorher angesehen hatte. Daher würde er sich, wenn man die niedrigeren Fahrtkosten zur Arbeitsstätte mitkalkulierte, bald rechnen. Opas Brüder schlossen sich dem Projekt meiner Oma an, und so erwarb die Familie drei nebeneinanderliegende Parzellen.

Meiner Oma genügte es aber nicht, das Grundstück erworben zu haben, sie wollte darauf auch gleich das Haus bauen. Damit allerdings überrumpelte sie die ganze Familie. Sie erklärte nicht lange, warum und wieso. Alle kannten die Frau, die Gattin, die Schwiegertochter, die Schwägerin. Sie wussten, dass sie vor jeder Entscheidung alles aufs Genaueste überlegte, alles Pro und Kontra fein säuberlich abwog, dann entschlossen handelte und ihren Willen durchsetzte. So war meine Oma. So erreichte sie immer das Beste für sich und ihre Familie. Und das wussten die anderen und ließen sie daher fast immer gewähren.

Meine Oma war es auch, die den gesamten Ablauf des Hausbaues organisierte. Sie ließ alte Baracken vom Froschberg nach Traun bringen und diese zerlegen, so dass möglichst alle Teile wiederverwendet werden konnten. So schritt der Hausbau rascher voran, als es die Familie zu hoffen gewagt hatte.

Als sie kurz vor der Fertigstellung des neuen Hauses standen und nur noch Türen und Fenster fehlten, borgte sich meine Oma bei der Caritas und ihrem Freund Ernst aus Oftering das letzte, dringend benötigte Geld, je 7000,- Schilling. So konnte sie das Haus für den Winter zumindest bewohnbar machen. Betten und Kästen hatte sie schon früher von Bauern gekauft. Strohsäcke zum Schlafen hatte sie noch aus Ruma. Geschirrkästen, Tische und Bänke zimmerte mein Opa mit Omas Bruder. Das Notwendigste war da, so dass sie tatsächlich noch im selben Jahr in ihr selbst gebautes Haus einziehen konnten, in ihr erstes Haus aus Ziegeln in Österreich. Meine Oma hatte ihr Ziel erreicht. Sie standen jetzt wieder dort, wo sie auch in Ruma gestanden waren.

Nach ihrer Vertreibung aus Ruma hatten diese Menschen acht Jahre „Aufbauarbeit" für ihr späteres Leben geleistet. Vielleicht hätten sie es einfacher gehabt, wenn sie in Ruma hätten bleiben können, vielleicht aber auch schwieriger. Eine Antwort auf diese Überlegung wird es nie geben können. Der Krieg war der schreckliche Regulator, der sie dazu gezwungen hat, diese neue Heimat zu suchen und auch zu finden. Freilich: Wenn wir die Entwicklung Jugoslawiens in den letzten Jahren betrachten, können wir mit Sicherheit behaupten, dass es für sie besser war, nach Österreich zu kommen, als wenn sie im früheren Jugoslawien geblieben wären.

Das Haus stand also. Aber wie schon so oft in ihrem Leben, folgte auch nach diesem freudigen Lichtblick wieder ein dunkler Schatten: 1953 wurde Omas Schwiegermutter schwer krank. Sie hatte die Gicht bekommen und verkrüppelte immer mehr. Alles lastete wieder auf Omas Schultern: die Betreuung des Viehs, welches man sich für den eigenen

Bedarf hielt, der Haushalt, der Beruf, die Pflege der Schwiegermutter.

Wenig später hörte sie ihren Mann immer wieder über Ohrenschmerzen klagen. Erst als die Schmerzen unerträglich wurden, befolgte er ihren dringenden Rat, einen Arzt aufzusuchen. Er ahnte es, eine Operation war unumgänglich. Meine Oma erinnerte sich an die Operation, die einstens am Mittelohr ihrer Mutter vorgenommen werden musste. Diese war damals an dieser schrecklichen Krankheit, erst neununddreißig Jahre alt, verstorben. Sollte es dieses Mal ähnlich enden? Sie begleitete ihren Mann ins Krankenhaus und wartete vor dem Operationssaal. Bei vollem Bewusstsein wurde sein Ohr geöffnet. Er schrie. Er schrie wie ein wildes Tier. Meine Oma war entsetzt. Was machte man mit ihm? Warum hatte er keine Narkose erhalten? Warum? Seine Schreie konnte man bis in die hinterste Ecke des Ganges vernehmen. Auch bei ihm war wie damals bei Omas Mutter das Eiter schon bis in das Gehirn gedrungen. Die Operation sollte über Leben und Tod entscheiden oder mindestens darüber, ob mein Opa in Hinkunft behindert oder gesund sein würde. Meine Oma hörte den Arzt ununterbrochen mit ihrem Mann sprechen, und Opa gab auch Antworten, für sie zwar unverständlich, aber sie hörte, dass er antwortete.

Später, als alles gut überstanden war – außer, dass Opa einen Ärzte-, beziehungsweise Operationsschock erlitten hatte – erfuhr meine Oma, dass diese Operation nur bei vollem Bewusstsein möglich gewesen war. Der Arzt musste immer wissen, wie weit er im Kopf des Patienten vordringen konnte, um schwerstwiegende Folgen auszuschließen.

Als Oma am Tag nach der Operation das Krankenzimmer betrat, saß ihr Mann mit blassem Gesicht, aber rauchend auf der Bettkante. Sie traute ihren Augen nicht. Er meinte nur kurz mit dem ihr so sehr vertrauten Lächeln im Gesicht: „Ich habe dem Doktor vorhergesagt, ich möchte mit dem Sterben noch warten. Er soll ja gut aufpassen, denn meine Schwiegermutter ist an derselben Operation gestorben. Ja, und er hat auf mich gehört. Hier sitze ich!" Meine Oma nahm ihren Mann in die Arme. Beide weinten.

Das eigene Häuschen wurde immer komfortabler. Jakob, der nach seinem Hauptschulabschluss eine Tischlerlehre begonnen hatte, zimmerte stolz drauflos. Jedem seine eigene Schlafstätte, hatte er sich vorgenommen. Sogar neue Matratzen wurden angeschafft!

Seppi, der Ältere, arbeitete bereits seit einiger Zeit in einer Schlosserwerkstätte. Somit verdienten auch die Buben ein wenig Geld. Das, was ihnen übrigblieb, investierten sie in ihr neues Heim. Alles wäre eitle Wonne gewesen, wenn die Familie in ihrer Freude nicht immer wieder gebremst worden wäre, weil die Krankheit der Schwiegermutter unaufhaltsam vorwärtsschritt.

Auch Opa klagte in letzter Zeit vermehrt über Asthmaanfälle. Daher musste er auch seine Stelle in der Glasspinnerei aufgeben, die er sechs Jahre lang tagtäglich bei Wind und Wetter mit dem Fahrrad aufgesucht hatte. Der Glasstaub hatte bei ihm bereits verschiedene Organe angegriffen.

1957 beendete meine Oma ihre Tätigkeit bei der Landesregierung und sorgte sich tagsüber nur noch um ihre Schwiegermutter. In der Nacht war deren Mann bei ihr. Eine harte Zeit folgte. Die Pflege einer hilfsbedürftigen, älteren Frau brauchte mehr Kraft als all die vorangegangenen Tätigkeiten. Sie musste gewaschen, frisiert, auf die Toilette gebracht und gefüttert werden. Sie verkrüppelte zunehmend, war hilflos und konnte nicht mehr alleine gelassen werden.

Es tat weh, diese früher so rührige, robuste Frau leiden zu sehen. Meine Oma liebte ihre Schwiegermutter wie ihre eigene Mutter. Diese hatte auch sie immer wie ihre eigene Tochter behandelt und war stolz auf sie gewesen, auf sie, die allen mit ihrem Mut und ihrem Tatendrang voranging und all die Verwandten immer wieder mitriss. Sie wusste genau, es hätte sich wahrscheinlich vieles in ihrem Leben anders entwickelt, wäre ihre so starke Schwiegertochter nicht gewesen. Die beiden Frauen hatten so viel gemeinsam durchgemacht, so viele Freuden und so viel Leid miteinander geteilt. Und nun lag die eine Frau in den Armen der anderen und war völlig auf ihre Hilfe angewiesen. Ihre Krankheit schritt unaufhaltsam voran. Zwei Jahre dauerte die intensive Pflege. Das letzte Jahr konnte Omas Schwiegermutter das Bett nicht mehr verlassen und hatte Wasser in den Beinen. Wöchentlich kam der Arzt und verabreichte ihr Spritzen, um das Wasser einzudämmen.

Oma kostete diese Zeit viel Kraft. Verlangte schon die Pflege der Schwiegermutter mehr als einer Frau eigentlich zuzumuten ist, musste sie jetzt auch noch täglich in die unglücklichen

Augen ihre Tochter blicken. Maria war künstlerisch sehr begabt und wollte Modezeichnerin werden. Dazu hätte sie aber an einer höheren Schule weiterlernen müssen. Die Aufnahmeprüfung hatte sie problemlos gemeistert, aber es gab da ein finanzielles Problem. Woher sollten die Mittel kommen, Maria diese Schulbildung zu ermöglichen? Mehr als eine einjährige Ausbildung zur „Bürokraft" war für sie in dieser Zeit nicht möglich. Meine Oma litt unter der Unmöglichkeit, den Berufswunsch ihrer Tochter zu erfüllen, vielleicht mehr als Maria selbst.

Das dritte Problem war Opas schwerer Unfall in der Karwoche 1958. Er arbeitet bereits einige Zeit in einer Rieder Fabrik. Dort schlug er in einer Schottergrube mit einer Harke Steine ab. Weiter unten stand eine Maschine, mit deren Hilfe der Schotter aufgeladen wurde. Plötzlich rutscht er vom Schotterberg ab und kam mit seinem Bein in die Maschine. Seine Ferse wurde ziemlich kompliziert verletzt. Er musste sofort mit der Rettung in das Linzer AKH transportiert werden. Ein ganzes Jahr lang war er im Krankenstand und konnte keiner Arbeit nachgehen.

In dieser Zeit musste die Familie mit wenig Geld auskommen, es reichte gerade für das Hühner- und Schweinefutter. So war über alle wieder eine besonders schwierige Zeit hereingebrochen: Ein Schuldenberg hatte sich angehäuft, und kein Geld kam ins Haus. Es fehlten vor allem auch die Zusatzeinkünfte, die Opa vorher durch seine Tätigkeit bei seinem Freund in Oftering nach Hause gebracht hatte. Dafür waren ein kranker, auf Omas Hilfe angewiesener Mann und eine bettlägerige, schwerkranke Großmutter zu betreuen. – Im 1959 verstarb Omas Schwiegermutter, zweiundsechzigjährig.

Glück im Unglück

Zwei Monate nach dem Tod „Nanis" – so hatten sie Omas Schwiegermutter genannt – erhielt meine Oma wieder eine Anstellung bei ihrem früheren Arbeitgeber, der Landesregierung. Mein Opa begann eine Arbeit bei Fliesenlegern. Maria, die so gerne Modezeichnerin hätte werden wollen, fand eine Anstellung bei einem Steuerberater und, was keiner vorher geglaubt hätte, ihr gefiel diese Tätigkeit sehr. Alle waren glücklich darüber, dass sie einen Arbeitsplatz gefunden hatten, da ja die Schulden am Haus noch hoch waren.

Omas Ruhelosigkeit nahm jedoch kein Ende. Sie plante schon das nächste Projekt, ein Haus mit getrennten Wohnungen für vier Familien. Jedes Kind sollte eine eigene Wohnung erhalten. Durch Mithilfe des Freundes aus Oftering kaufte Oma gleich in der Nähe ein Grundstück. 1960 organisierte sie dann den Hausbau. Mit einem Fahrrad zu fahren hatte Oma nie gelernt, und Telefon gab es für sie noch nicht; daher holte sie zu Fuß Angebot um Angebot für die verschiedensten Baumaterialien ein. Zur Mithilfe bei handwerkliche Tätigkeiten organisierte sie die Verwandtschaft und Freunde. Sie kaufte vorerst wieder eine Baracke, diesmal eine Schulbaracke aus Haid, deren Holz sie zur Kellerschalung bestimmte, beschaffte Ziegel, Sand, Schotter und Zement. Dieses Haus für sie selbst und vor allem für ihre Kinder war ihr nächster großer Traum.

Sie kündigte sogar ihre Stellung bei der Landesregierung, um sich ganz der Organisation des Hausbaues zu widmen. Beides wäre für sie doch nicht zu schaffen gewesen. Noch dazu wurde sie in dieser Zeit auch durch die immer wieder auftretenden Krankheiten Opas schwer belastet: sein Ohr, welches zwölfmal operiert werden musste, seine Asthmaanfälle und die anderen Lungenbeschwerden.

Auch die inzwischen schon herangewachsenen Söhne Seppi und Jaki – für Oma blieben sie die „Buben" – steckten ihre finanziellen Mittel in den Traum ihrer Mutter und wollten sich selbst nicht viel leisten. Oft taten Oma ihre Buben deshalb leid; während deren Freunde mit ihren Autos vorfuhren, investierten sie ihr verdientes Geld in den Bau des neuen Hauses. Oma kümmerte sich dann um den Verkauf des alten Hauses, um durch das hereingebrachte Geld die Buben ein wenig zu entlasten. Es gelang ihr, für das alte Haus den erstaunlichen Preis von 300.000 Schilling auszuhandeln. Selbstverständlich investierte sie dieses Geld sofort wieder in das neue Haus. Nach einem guten Jahr Bauzeit war dieses dann schon bezugsfertig.

Bis 2010 lebte Oma zufrieden in diesen von ihr geplanten und gebauten eigenen vier Wänden. Ihre Kinder sind inzwischen ausgezogen und haben sich selbst eigene Häuser mit ihren Familien gebaut.
Die Wohnungen hat sie vermietet, so haben sich die Mühen auch finanziell gelohnt.

Arbeit war meiner Oma das Wichtigste im Leben. Arbeit hielt sie jung und fit. Bis zu ihren 89. Lebensjahr hat sie sich alleine versorgt.

Sie hat auch liebend gerne ihre Urenkel betreut, deren Zahl bei elf lag.

Im 90. Lebensjahr ist sie verstorben.

Deine Enkelin Petra

Nachwort:

Nun, meine lieben Kinder, bin ich am Ende meiner Geschichte. Einmal darf ich noch zusammenfassen, was mir sehr wichtig am Wesen eurer Uroma erscheint:

Oma hatte ihren festen Wunsch, ihr Ziel, sich etwas „Eigenes" zu schaffen, durch ihre Hartnäckigkeit verwirklicht.
Sie hat immer an sich, ihr Schaffen und Wirken geglaubt. Sie hat nie aufgegeben.
Sie hatte einen starken Glauben an Gott.
Sie hat sich immer um den Zusammenhalt der Familie gekümmert. Mithilfe der gesamten Verwandtschaft hat sie oft Unmögliches zustande gebracht.

So ist es der Familie gelungen (so wie vielen dieser geflohenen Familien), sich aus dem Nichts, in das sie der Krieg gestoßen hatte, wieder empor zu arbeiten.
Sie haben sich neue Ziele gesetzt, nicht aufgegeben und alle Wünsche erreicht, die sie sich gesetzt haben.
So dass sie nach wenigen Jahren wieder dort standen, wo sie auch in ihrer Heimat gestanden waren. Wahrscheinlich geht es ihnen heute sogar besser.

Und zum Schluss noch ein Wort an Sie, verehrte Leserinnen und Leser:

Viele kleine Episoden, die in dieser Geschichte vorkommen, kennt wahrscheinlich die eine oder andere Mutter, auch die eine oder andere Mutter meiner Generation: Alle sind wir konfrontiert mit den Sorgen um die Kinder, mit Wohnungsnöten, mit Krankheiten. Doch durch die Kriegsverhältnisse kamen für die Menschen damals besondere Erschwernisse hinzu. In diesem Fall war es der Verlust eines Auges, die Vertreibung aus der Heimat, der Neubeginn in einem anderen Land, die Arbeitslosigkeit, die Wohnungsnot, die Nabeloperation eines einjährigen Kindes in einem Lazarett, …

Durch ihren Charakter riskierte und erreichte meine Oma vieles. Ihr Sinn für das Wesentliche, ihr Organisations- und Führungstalent, ihr Mut zur Risikobereitschaft, ihr Durchsetzungsvermögen, ihr soziales Verständnis und nicht zuletzt ihr Glaube ließen diese starke Frau aus Ruma zu einer Persönlichkeit reifen, die auch andere Menschen prägte. So auch mich.

Meine Oma war immer der Mittelpunkt unserer Familie.

NEUAUFLAGE 2018 *(fast 20 Jahre danach)*

Da es immer wieder Nachfragen nach dem Buch gab, habe ich mich für eine Neuauflage entschieden.
Ich habe das Buch geschrieben als meine beiden Söhne 2 und 6 Jahre alt waren. Mittlerweile sind sie erwachsen und meine Oma ist im 90. Lebensjahr verstorben. (10.10.2010)
Ihr Scheiden aus diesem Leben hat mich genauso berührt, wie ihr ganzes Leben. Die letzten Tage durfte ich intensiv mit ihr verbringen und dies war eine sehr wertvolle Zeit für mich. Ich hatte erstmals in meinem Leben jemanden im Sterben begleitet. Ich konnte ihr vieles Zurückgeben, was ich von ihr erhalten habe.

Im Nachhinein wurde mir bewusst, was ich „nachgelebt" habe, welche Gefühle ich von ihr übernommen hatte, welche Auswirkungen ein Krieg für die Generationen danach haben kann. Das Leben fasziniert mich immer wieder. So bin ich dankbar, hier zu sitzen und diese Zeilen zu schreiben. In Memoriam und mit Dankbarkeit erfüllt, Petra

Danke OMA!

Für alles was du mir gegeben und vorgelebt hast!

Literaturverzeichnis:

Wilhelm, F., Rumaer Dokumentation 1745-1945, Mittelpunkt der Deutschen Bewegung in Syrmien, Slavonien und Kroatien, Band II, Stuttgart 1997